杏坛放歌同心圆

——河南高校统一战线庆祝中央发布"五一口号"

70周年朗诵会诗歌精选

张水潮　主编

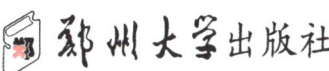

图书在版编目（CIP）数据

杏坛放歌同心圆：河南高校统一战线庆祝中央发布"五一口号"70周年朗诵会诗歌精选/张水潮主编．—郑州：郑州大学出版社，2019.1
ISBN 978-7-5645-4122-4

Ⅰ.①杏… Ⅱ.①张… Ⅲ.①诗集—中国—当代 Ⅳ.① I227

中国版本图书馆 CIP 数据核字 (2018) 第 253047 号

郑州大学出版社出版发行
郑州市大学路 40 号　　　　　　　　邮政编码：450052
出版人：张功员　　　　　　　　　　发行部电话：0371-66966070
全国新华书店经销
河南文华印务有限公司印制
开本：710 mm × 1010 mm　　1/16
印张：11.75
字数：155 千字
版次：2019 年 1 月第 1 版　　　　　印次：2019 年 1 月第 1 次印刷
书号：ISBN 978-7-5645-4122-4　　　定价：69.00 元

本书如有印装质量问题，请向本社调换

编委会

名誉主编 郑邦山 高治军 臧振春
主　　编 张水潮
副 主 编 张进江 宋　辉 李志刚
编委成员 党　楠 史富强 仲利娟 郑常青 刘　晴
　　　　　 李兆强 王　林 丁玉国 罗子俊 高　飞
　　　　　 张胜波 王秀杰 董　琳

序

为深入贯彻党的十九大精神，纪念中共中央发布"五一口号"70周年，大力宣传党的同心思想，积极弘扬中华民族优秀传统文化，中共河南省委高校工委、河南省教育厅以"跟党迈进新时代，同心共筑中国梦"为主题，举办了全省高校统一战线诗歌朗诵会。

1948年4月30日，在人民解放战争取得节节胜利的大好形势下，中共中央发布了《纪念"五一"劳动节口号》，号召"各民主党派、各人民团体、各社会贤达迅速召开政治协商会议，讨论并实现召集人民代表大会，成立民主联合政府！"这一口号表达了全国人民的和平愿望，也反映了各民主党派和所有爱国民主人士的政治主张，立即得到了社会各界的热烈拥护。这是我国统一战线发展史上一件具有里程碑意义的事件，标志着各民主党派和无党派人士公开、自愿地接受了中国共产党的领导，标志着各民主党派和无党派人士坚定地走上了新民主主义、社会主义的道路，标志着中国的民主政治建设揭开了新的一页。

70年来，中国大地发生了翻天覆地的变化。中国共产党团结带领全国各族人民，积极携手民主党派和无党派人士，实现了从站起来、富起来到强起来的伟大飞跃。中国共产党植根中国大地，构建了包括政治协商制度在内的中国民主政治制度的框架，成为"从中国土壤中生长出来的新型政党制度"（习近平语）。作为中国共产党久经考验的亲密友党，各民主党派始终与中国共产党风雨同舟、患难与共、紧密合作、携手奋进，为我国革命、建设和改革事业做出了重要贡献，展现了中国共产党领导的新型政党制度的独特魅力。

党的十八大以来，以习近平同志为核心的党中央把统战工作摆在治国理政的重要位置，提出一系列新思想、新论断，做出一系列重大决策部署，统一战线工作得到前所未有的加强，迎来了蓬勃发展的春天。在中共河南省委的正确领导下，全省高校党委牢固树立"四个"意识，不断加强对高校统战工作的组织领导，把巩固共同思想基础、践行"同心"思想作为一项基础性工作予以加强，高校统一战线工作在各个方面扎实推进，硕果累累，呈现出良好的发展态势。

2018年是中共中央发布"五一口号"70周年，也是贯彻党的十九大精神、实现新时代宏伟目标的第一年。为进一步聚焦统一战线大团结大联合这一主题，凝聚全省高校党外知识分子的共识和力量，中共河南省委高校工委、河南省教育厅积极筹划，召开座谈会、开展主题征文活动、举行专题图片展览和诗歌朗诵比赛等系列活动。此次诗歌朗诵会，始终贯彻习近平新时代中国特色社会主义思想，展望全省高校统战工作美好的发展前景，充分展现全省高校广大统一战线成员的精神风貌。

本次朗诵会共收到学校推荐的68篇作品，参加高校达到65所。经过初评，有41所高校参加了现场决赛，评出一等奖13个，二等奖14个，三等奖14个，13所高校荣获优秀组织奖。为了对本次朗诵会的成果进行经验总结，进一步扩大统一战线朗诵诗歌的积极影响，引导更多的高校统一战线成员牢记"四个意识"，增强"四个自信"，筑牢"同心"思想，我们将参加决赛的41篇朗诵作品汇编成册。其中，有老一辈无产阶级革命家的作品，如毛泽东的《卜算子·咏梅》、邓颖超的《海棠花祭》等；有国内著名诗人的作品，如舒婷的《祖国啊 我亲爱的祖国》、爱国诗人余光中的《春天，遂想起》等；有高校党外知识分子的10篇原创作品，如河南大学席子明教授的《圆梦路上的河大统战人》、许昌学院李俊恒教授创作的《一个响亮的口号——纪念中共中央"五一口号"发布七十周年》等；我们将省委高校工委主管领导、优秀诗人高治军同志的《黄河之歌》作为开篇。我们在全省高校统一战线开展读诗、诵诗、赏诗、品诗等教育活动，努力达到读诗脱俗、诵诗激情、赏诗提质、品诗涵养的目的，在全省高校统一战线掀起一个缅怀领袖不忘初心、讴歌祖国增强信心、赞美统战彰显丹心、奋发有为体现雄心的新高潮。

  党的十九大吹响了奋进新时代的号角。全省高校统一战线应在新时代的征程中始终做到，在思想上同心同德，始终坚持中国共产党的领导，坚持中国特色社会主义道路、理论体系和制度，自觉践行社会主义核心价值体系；在目标上同心同向，始终高举中国特色社会主义伟大旗帜，共同致力于全面建成小康社会和中华民族伟大复兴；在行动上同心同行，自觉投身中国特色社会主义伟大实践，全面推进社会主义政治、经济、文化和社会建设。希望全省高校统一战线紧握统战思想接力棒，深刻领会"同心"思想丰富内涵，把个人的奋斗与实现中华民族伟大复兴的梦想紧密结合起来；以饱满的热情、昂扬的精神面貌展现高校统一战线工作的新气象、新风采；凝心聚力，奋发有为，共同谱写全省高等教育健康发展、中原更加出彩的美好新篇章。

2018 年 7 月 19 日

目 录

黄河之歌……………………………………………1
同心共筑中国梦……………………………………7
今夜星光灿烂………………………………………12
中国,上场!…………………………………………16
青春中国……………………………………………22
中国话………………………………………………26
让我们一起奔腾……………………………………30
时空信笺……………………………………………33
我的南方和北方……………………………………37
祖国,你就是我最想唱的那首歌…………………40
圆梦路上的河大统战人……………………………44
一个响亮的口号……………………………………50
勠力同心跟党走,携手奋进谱华章…………………56
海棠花祭(节选)……………………………………60
祖国到底是什么……………………………………63
我们从这里出发……………………………………67
不离不弃 风雨相随…………………………………71
春天,遂想起…………………………………………78

春雷·曙光	81
诗意中国	86
国际歌　中国梦	90
匠之魂　河职梦	95
可爱的中国（节选）	100
中国梦	103
同心筑未来，永远跟党走	107
五年抒怀	110
不忘初心，继续前进	115
这个时刻，我要歌唱	119
诗意十九大，我们为你歌唱	124
祖国啊，我亲爱的祖国	128
统一战线放歌	131
丹青·延安颂	134
歌颂祖国	139
同心共筑中国梦	142
追逐中国梦	145
我们是军工人	148
统一战线之歌	151
领航·同心·携手	155
卜算子·咏梅	160
不忘合作初心，共筑时代华章	162
中国大地	167
人民万岁	170
后　记	173

黄河之歌

作　者：高治军

啊，黄河！
你是中华民族的母亲。
我要为你歌唱，
因为我是你的子孙。
你从盘古开天地中走来，

你流淌的是中华的血脉。
西王母瑶池在你邻近,
崦嵫山羲和出你胸怀。
嫦娥奔月是何等动人,
吴刚伐桂是多么天籁。
古老的神话如此奇妙,
你开启了远古的神圣时代。

啊,黄河!
你是中华民族的母亲。
我要为你歌唱,
因为我是你的子孙。
你从青藏高原起步,
你从巴颜喀拉走来。
万回千折不回头,
九曲百弯终达海。
壶口瀑布唱绝响,
禹王神斧三门开。
环球河水谁比险,
河伯过后鬼神哀。
多少大江大河叹弗如,
多少小河小流望背矮。

啊,黄河!
你是中华民族的母亲。

我要为你歌唱，
因为我是你的子孙。
炎黄是你的二位骄子，
他们在你孕育下脱胎。
伏羲从你身边天水走来，
神农在你注目下把百草遍采。
女娲用五彩石补住了天上的漏洞，
燧人氏钻木取火增添了人的能耐。

啊，黄河！
你是中华民族的母亲。
我要为你歌唱，
因为我是你的子孙。
来自天上是你的气派，
奔流到海是你的豪迈。
每年搬运十六亿吨泥沙，
沧海桑田是你的慷慨。
华夏文明起始晋南豫西一带，
仰韶陶片里有你的澎湃。
你阅识了多少金戈铁马，
你见证了多少朝朝代代。

啊，黄河！
你是中华民族的母亲。
我要为你歌唱，

杏坛放歌同心圆　XINGTANFANGGETONGXINYUAN

因为我是你的子孙。
你用乳汁哺育了中华文明，
多少华夏儿女把你崇拜。
太阳神把智慧之光早洒，
世界东方最先进入文明时代。
奇人仓颉创造了象形汉字，
惊动了神秘莫测的天界。
赫赫有名的四大发明，
如隆隆炮声把寰球震惊。
造纸术、印刷术是你的骄傲，
火药、指南针是你的光荣。
黄河母亲英姿焕发，
母亲黄河笑傲群雄。

啊，黄河！
你是中华民族的母亲。
我要为你歌唱，
因为我是你的子孙。
夸父追日是你的底蕴，
大禹治水是你不死的魂灵。
后羿射日是你为民的情怀，
愚公移山是你不屈的精神。
义薄云天的关羽大义凛凛，
精忠报国的岳飞赤胆忠心。
充满正义的文天祥正气干云，

黄河之滨有誓死抗日的军民。
都是你血气的延伸,
都是你骨肉的化身。

啊,黄河!
你是中华民族的母亲。
我要为你歌唱,
因为我是你的子孙。
你以博大的胸襟,
哺育了中华文明,
五千年从不间断,
从黄帝一直到现今。
在你身边出现过几多繁荣,
夏商周是你的古容,
秦汉唐是你的强盛,
元明清是你的延续。
大汉雄风是你的风格,
唐诗宋词是你的品性。
大气和儒雅集于一身,
你造就了真正的中国人,
你给了华夏田园牧歌的温馨。

啊,黄河!
你是中华民族的母亲。
我要为你歌唱,

因为我是你的子孙。
你一次次的泛滥，
显示了你的烈性，
给生灵带来了灾难，
也锻炼了中华不死的灵魂。
被外来势力多次侵袭，
也改变不了你的颜容，
反而被你同化包容，
善于融合是你伟大的特征。

啊，黄河！
你是中华民族的母亲。
我要为你歌唱，
因为我是你的子孙。
共和国的成立，
给你迎来了新生。
岁岁安然成了你的品性，
使你摆脱了害河的恶名。
东方睡狮已经清醒，
你正在奔向蔚蓝的大海，
古老的你从未像现在一般年轻。
你正在做着伟大复兴的中国梦，
梦醒时刻你有无与伦比的光荣。

（2014年9月21日摘自《河洛高歌》）

同心共筑中国梦

河南师范大学
作　　者：李港辉（原创）
朗诵者：高　坤　务　楠
　　　　武光辉　李　淼

是怎样的一种意识
让你在这风雨如磐的大地上潜行

十月革命隆隆的炮声

你惊醒了东方巨龙

五四运动淋漓的鲜血使你觉醒

开始把华夏引领

于是你成了一种信念

我的党啊

你是烟雨南湖万里航程的第一舟

你是波涛澎湃滚滚向前流淌的大河源头

今天我就要为你高声吟诵

因为你引领了伟大中国的锦绣前程

那一年我稚气未脱

参加过抗战的爷爷问我

什么是共产党 什么是中国

我说五星红旗就是共产党

九百六十万平方千米的总和就是中国

爷爷笑着点点头却又陷入沉默

这个问题开始让我陷入深深的思索

倘若现在再有人问我

什么是共产党 什么是中国

我会答

共产党是千古英雄的交响

是泰山昆仑之巅那一轮喷薄而出的太阳

而我的中国

它是磅礴万里的长城

是巍峨的泰山　是永恒的昆仑
是跋涉着历史艰辛与悲壮的万里山河
更是九州五岳中回荡不息的凯歌

咆哮的黄河长江曾经见证
无数仁人志士奔走在峥嵘岁月里
穿行于炮火硝烟中
他们为了争取民族解放
高举统战旗帜唤醒百万工农
我的党啊
你朴实得就像韶山水田饱满的稻穗
像军帽上猎猎闪耀的红星
更像八百里井冈山上金色的收成
你让一个时代为你动容
用民主与和平赢得了这场艰苦卓绝的人民战争
建国纲领的征询你海纳百川
让每一个建言者肃然起敬
北平车站的路灯曾见证
你对民主党派北上参政的欢迎
统战，就是让每一种政见回归自由和平等
如今这片黄土地满怀豪情
在黄河欢唱的波涛中
我听到一种时代的共鸣
统战让"中国特色"跨越沟壑
让中国声音乘着"一带一路"四海传名

在太行山陡峭的崖壁上

我听到一种机器的轰鸣

那正是我们党我们中国逢山开路的气魄

富饶广袤的中华大地在欢呼

我们党啊　我们中国

正在用治国理政的大手笔

将两个一百年发展的宏伟蓝图细细钩摹

你看

这就是共产党　这就是中国

政治协商让各个党派携手前行

统一战线使实事求是解放思想得到升华和结晶

你是改革开放、港澳回归和祖国统一的重要保证

更是人类命运共同体构建中和而不同的英明

我的党啊　我的中国

我要烘托你的伟岸、歌颂你的品格

我要将个人命运和国家命运精准契合

我要让个人发展和伟大中国梦紧紧依托

我的党啊　我的中国

人民共享从严治党的累累硕果

骄傲于九三阅兵

振奋于朱日和军演

人民的幸福之歌和强军号角必将一同在云霄响彻

朋友们　让我们高举统一战线的大旗

意气风发地见证党领导中国——

实现中华民族伟大复兴的光荣时刻

我们心手相牵血脉相连
同心共筑中国梦
我们不忘初心牢记使命
同心共筑中国梦
巍峨师大将永远与党和祖国同呼吸共命运
我们坚守着精育良才教育报国的初心
我们全体师大人将把历史赋予的庄严使命牢牢铭记
我们在伟大中国共产党的坚强领导下
敢于斗争敢于胜利
朋友们 你们听
师大"三步走"的战略如同激荡正酣的交响曲
朋友们 你们看
它的未来将是中国高校又一个绚烂的新高地
我们坚信
全体师大人必将凝聚起磅礴之力
和亲爱的党始终紧紧团结在一起
我们将与亿万中华儿女一道
开创出新天地

杏坛放歌同心圆　XINGTANFANGGETONGXINYUAN

今夜星光灿烂

济源职业技术学院
作　　者：王余昌
朗诵者：苗洪森

这阵子　我总是丢三落四
分不清东南西北
时不时就进错了家门

老伴说我这是老年痴呆

医生说我这是丧失记忆的脑瘫病人

呵呵　说轻了这是误诊

说重了是伤了我这个老兵的心

不然　咱打个赌试试

我闭着眼睛能走到天安门

人民英雄纪念碑的碑高是 37.94 米

我能够一字不落地背诵纪念碑的碑文

开国大典的前夜

我就在天安门广场站岗执勤

说句实话　不是吓唬你们

我见过咱毛主席　你信不信

1949 年 9 月 30 日

一个彩霞满天的黄昏

我见到了咱毛主席

朱总司令　周副主席

还有许多我叫不上名字的开国元勋

他们的表情那么庄重

他们的步伐那么沉稳

纪念碑前他们脱帽肃立

晚风中我隐隐听到了

毛主席讲话的湖南口音

当时我鼻子一酸　眼泪就流下来了

你们说我咋这么幸运

打天津那会儿　我们班开过一个会

大家表示我们一定要发扬

我军勇往直前 不怕牺牲的战斗精神

我对全班讲

这一次咱们全班人人都要立功当英雄

还有 打这一仗 咱们谁都别死啊

等胜利了咱们一起到北平见毛主席 上天安门

可是 当这一仗打完以后

我们班就剩下我一个了啊

战友们 今天晚上我是代表着你们大家

在天安门广场站岗执勤

今天晚上 我们全班一起

送走旧时代最后一个夜晚

明天早上 我们全班一起

迎来新中国的第一个早晨

今夜星光灿烂

战友们 你们已经化作了满天的星辰

明天就要举行开国大典了

你们的身影一定会出现在

天安门广场那沸腾的人群中

我们为之奋斗的新中国成立了

让我们一起高歌

起来 不愿做奴隶的人们

听 开国大典的礼炮在隆隆作响

看 开国大典的礼花在夜幕中五彩缤纷

你们的身影与山河同在
你们的名字刻上了纪念碑的碑文

哎　远去了
远去了　我那激情燃烧的岁月
远去了　我战火中的青春
所有的一切
所有的一切都远去了
可是战友们　我在梦中常常见到你们
在梦中　我们全班整装待发
在梦中　我们冒着敌人的炮火前进
听　战斗又打响了
全班　给我上刺刀
为了新中国　前进

中国，上场！

郑州大学
作　者：张鲜明
朗诵者：李　莎　李　丹
　　　　蒋　涵　杨国祥

我的目光是火柴
一次次被飞旋的地球擦亮

我看见，从南半球到北半球

从东方到西方

茫茫人寰

千万个梦想

你追我赶

人类的世界啊

是一个追梦的大赛场

此刻，到了总决赛的时候

听啊，在东方，在中国

在北京，在人民大会堂

一个伟大的政党

举起了崭新的发令枪

代表一个古老、智慧而又顽强的民族

用现代汉语豪迈地宣告——

中国，上场！

中国上场，中国在场

我的大中国啊

在一刻也没有停止过竞争的赛场上

千百年间，你长期是

领跑者

多少个世纪，你是何等的

矫健和雄强

曾几何时

你被列强霸道的腿脚

绊倒，踹伤

你也曾满眼酸泪

把别人的背影凝望

我的伤痕累累的旧中国啊

是中国共产党像补天的女娲那样

帮你扔掉朽烂的胎衣

用骨头

撑起你的天空

用梦想

把你的心灯点亮

如今，我的新竹般的新中国啊

你是一个涅槃重生的男儿

颤动着满身岩石般隆起的肌肉

昂首而立

你的骨骼

嘎嘎作响

你的眼睛

扑扑闪光

你的热血

正像江海一样澎湃

你的心脏

正像打桩机一样轰响

大地

是你的跑道

太阳

是你的徽章

我的伟大的新中国啊

你怀着民族复兴的梦想

咬紧牙关

大踏步地，大踏步地

飞奔着

追赶着

终于，把中国队的旗帜

高高地插在

第一梯队的领奖台上

现在，当决赛的哨声吹响

当中国

第十九颗耀眼的信号弹

砰的一声

把天空照亮

那亮度

那音量

绝对是震惊世界的炮仗

这就注定了，接下来的比赛

一定是空前精彩和非同凡响——

来吧，跨栏

让崭新的国产航母上场

有了这条粗壮的腿

咱就能跨过山一样高的栏杆

踏平峭壁一样陡的恶浪

按照跨栏定律

栏杆越高

咱的弹跳能力越强

来吧，越野

咱们的"复兴号"列车

正好派上用场

以它的时速

领跑世界绰绰有余

再加上量子计算机

就能把中国速度

准确计量

来吧，跳高

"墨子号"量子卫星

和"天舟一号"飞船、"天宫二号"空间实验室

合成一根飞翔的撑竿

正可以把中国身影

高高地，精准地

举到

无人能及的天上

如果还不尽兴

来吧，加一场水上搏击

从咱们的远海全自动化码头出发

赛场设在四大洋

比潜泳

咱们有探海的"蛟龙"
比蝶泳
咱们的"中华神盾"和052D大驱
嗨嗨,足以吸引世界的目光

哦,这是决定前途和命运的比拼
历史将永远铭记这一刻——
发令枪,第十九次击发
冲锋号,第十九次吹响
咱们的大中国
撸起袖子
甩开臂膀
奔跑
起跳
翱翔
朝着太阳的方向
一飞冲天
不可阻挡

青春中国

河南中医药大学

作　者：欧　震

改　编：靳家宝　李楠森　陈　层　郭艳桦
　　　　李　妍　李旭宁　关徐涛

朗诵者：朱琳琳　郭艳桦　李　妍　关徐涛
　　　　李旭宁　李楠森

用茫茫的夜色做墨
用疮痍的土地做纸
在鸦片战争的硝烟之后
是谁？
写下的两个字——中国
让人读得昏暗、读得疲惫
更让人读得心痛、读得悲愤
那萎缩在清末史书里的
消瘦的中国呵
那跪倒在《南京条约》里的
软弱的中国呵
那一天，无数的青年
走上了街头
面对淋漓的鲜血
面对惨淡的人生
他们的呐喊如同一阵阵惊雷
激荡着这昏睡的土地
他们就像一束束火焰
在曲折的道路中蔓延盛开成五月绚丽的花朵
此后，他们加入共产党人的行列中
他们义无返顾地选择了
用铁锤砸碎黑暗
用镰刀收割光明
他们走过漫道
他们越过雄关

他们驰骋疆场

他们英勇杀敌

他们要以枪杆做笔

写下一个崭新的中国

他们要以热血为色

描绘一个青春的中国

许多年后的今天

当我的目光穿越历史的峰峦

我依然可以感受到他们的呼吸

我又看见了

一群又一群的青年

那挂满汗水的面孔

我又听见了

他们嘹亮的歌声

在荒芜的土地上回荡

他们用无怨无悔的青春

在悠悠岁月中

写着一首爱的诗篇

是的，岁月悠悠、人生漫漫

那是一首激情澎湃的诗篇

那是一片开满鲜花的风景

那是一曲气势磅礴的交响乐

那是一座壮志凌云的丰碑

哦，中国，我要为你写一首诗

用太阳金色的语言

用心海浩瀚的蔚蓝

哦，中国，我要为你画一幅画

用春天百花的色彩

用五星红旗的光芒

今天，一个大写的中国

让人读得光明、读得酣畅

今天，一个腾飞的中国

更让人读得生动、读得自豪

这就是在世界的东方喷薄而出的

希望的中国

这就是在中国共产党领导下的

辉煌的中国

这就是我们的

青春中国

中国话

开封文化艺术职业学院

作　者：吴筱峰

改　编：耿艳丽　谷小龙

朗诵者：贾平博　王萧雪　王　喆　李　昶

有一种语言，它很神秘，它蕴含着

一个民族 上下几千年 悲喜交加的情感；

有一种语言，它很古老，古老到

那刻在骨头上的文字里 都找不到 它的起源；

有一种语言，它很丰富，阴阳上去

回荡着 慷慨激昂 倾诉着 温婉缠绵；

有一种语言，它很新鲜，新鲜得

几乎每天都在诞生新的词汇 让人应接不暇；

这就是中国话，一个古老的 东方神话！

中国话，是如诗如画的表达，

"春"，万物蠢动，"秋"，万物凋愁，

干渴的舌有了水 就是"活"

——哪一种语言 能如此精练简约？

"树索索而摇枝，马嘚嘚而驰骋"

——哪一种语言 有如此逼真的描摹？

"落霞与孤鹜齐飞，秋水共长天一色"

——哪一种语言 能说出 如此图画般的美丽？

"春江潮水连海平，海上明月共潮生。

滟滟随波千万里，何处春江无月明……"

——哪一种语言 能有如此动听的旋律？

中国话像东方一样神秘而古老

中国话像太阳一样新鲜而富有活力

中国话像行云流水般灵活而自由

中国话是中国人心灵深处的吐纳!

它是"五四"前夜,李大钊在拊掌欢呼《庶民的胜利》,

是面对敌人的屠刀,鲁迅在指斥《无声的中国》,

是迎着特务的枪弹,闻一多拍案而起,弘扬正义!

是礼炮声中,毛泽东庄严宣告:民族站起!民族站起!民族站起!

它是雨巷深处,忧伤凝结成的美丽的丁香花,

是这边和那边,浓得化不开的乡愁,想——回——家,

是缀满月光的摇篮,依然回响着 儿时的咿咿呀呀,

是小学课本里,孩子们 在看着图画、学着说话。

那黄河的不羁和刚强,是中国话!

那长江的奔放和潇洒,是中国话!

那江南的温柔,水乡的秀雅,是中国话!

那大山的雄伟,高原的粗犷,是中国话!

听,中国话 正通过我们的胸腔、我们的喉头

在联合国讲坛上响起……

——那么亲切优美,

——那么有力伟大!

我为你骄傲,中国话!

因为,你属于一个伟大的民族,

一个朝阳升腾的天地!
我爱你,我们的 中国话
我爱你,我们的 中国话
我爱你,我爱你,我爱你,我爱你
我们的 中国话……

让我们一起奔腾

郑州幼儿师范高等专科学校
作　者：江　河
朗诵者：王思维　高　翔

我和春天一起写这首诗
和你，和更多的人一同唱这支歌
海水和冰块猛烈相撞。船冲向浪头
我们这样站着，雄壮而多情

我们温柔地呼唤风，像呼唤姑娘们

使大地上所有的树木都涨满绿色

当喷吐着鲜红火焰的果子

被狂风一个个击落，那时候

种子要撒遍土地，和矿藏一同沉默着

为了在今天歌唱，让我们一块儿走吧

为了歌唱，玉兰花

把洁白的心向蓝天打开

为了不再孤独，繁星似的迎春花到处闪烁

金色的声音刺激着我们

阳光追逐着，鸟儿牵动着

让我们一块儿走吧

在花瓣匆匆铺就的道路上芬芳地走吧

紫丁香像影子一样在身后晃动

五月正迎着我们走来，献上更多的花朵

让我们一块儿走吧，为了在今天歌唱

让我们一块儿走吧，为了蓝天和繁星

让我们一块儿走吧，为了大海和绿色的帆

让我们一块儿走吧，为了那个金碧辉煌的梦

土地说，我要接近天空

于是，山脉隆起

人说，我要生活

于是，洪水退去

河流优美地流

让我们和更多的人一块儿走吧

祖先在风中诉说着青葱的愿望

血液在身体里温暖地流着

太阳把七色的花朵投在成千上万的枝条上

我们又将给大地留下什么呢

成千上万只叶子的小船从枝条上出发

大海把清脆的浪花投进岩石缝中

我们的手臂又将收获什么

岁月的皱纹又将闪出什么样的光辉呢

我不能设想，美丽的风光

不在人们脸上闪动

我们死去和诞生的地方还有什么意义

我不能设想，崛起的建筑里

不溢满普通家庭的笑声

我们的劳动、创造还有什么意义

为此

我和大海一同醒来，拿起工具

春天伴随着我们一起走来

春天伴随着我们一起走来

春天伴随着我们一起走来

时空信笺

中原工学院

作　者：杨关道

朗诵者：梁亚宁　宋　立　谢玉洁　杨关道

等信，像等待一个遥远的判决，我不相信会有一个坏结果。
我总在想，我总在想，
或许我不该再去期待，期待远在海外的我能够许你未来。
或许我不该再去期待，期待身在故土的我能够度过现在。

离别时，你告诉我，

你不怕我们的爱情会在繁华热闹中上演，

只怕因为距离让它了结于曲终人散。

离别时，你告诉我，

你不怕我们的誓言会在离愁别绪中冲淡，

只怕因为距离让它消散于转身之间。

别离是长亭外的芳草连天。

别离是康桥下的星辉斑斓。

别离是雨巷里的朦胧笑脸。

亲爱的清如，从我离开你的那天起，

我就将对你的思念化作一封封信笺，

跨越千山万水，送到你的身边。

从外滩的霓虹闪烁到西子湖畔的动人诗篇

再到莎士比亚的戏剧经典。

三百封信，每一封都写满你对我的爱恋。

感谢余生遇到了你，

是你让我懂得什么是不离不弃，

是你让我明白莎翁剧本的真谛，

纵使爱情之花生长在悬崖峭壁，我也有采摘它的勇气。

每当我想你的时候，我就会看看你写给我的信，

每当我看信的时候，就愈加的想念你！

我怕你感到孤单。

我不会孤单，

因为我已经把我们的故事和爱都写在了信里，

寄给未来的他们和现在的你。
这是朱生豪写给宋清如的情书。
信中朱生豪用仅有的 32 年生命和 10 年的分离，
著述了 540 封情书和 180 万字的《莎士比亚全集》！
而充满才情的文弱清如也用自己的一生来背负起丈夫未竟的使命，
养育幼子、续译莎翁、出版遗作，忠贞不渝！
在那个鲜活的烽火岁月，有这样一批名人志士，
他们也许金戈铁马，也许坐拥书城，
也许登台疾呼，也许埋头著述。
这是 1911 年林觉民写给妻子的一封绝笔
信中觉民告诉妻子爱可以超越生死。

这是 1928 年周文庸与陈铁军在刑场上许下的誓言，
在誓言中，陈铁军说：让反动派的枪声作为他们结婚的礼炮！
这是 1937 年沈从文写给张兆和的一封情书
信中沈从文深情地说他只爱过一个正当最好年龄的人。
这是 1956 年陈毅写给陈寅恪的信
信中陈毅传递了党和政府对党外知识分子的无限关怀。
这是新中国第一任统战部长李维汉 1986 年写给现在的书稿
书中，分别有着李维汉写给李济深、沈钧儒、郭沫若、谭平山、
周建人、马叙伦、蔡廷锴等民主人士的信件
83 岁的李维汉用 68 万字记录了
他为党的统一战线事业所立下的赫赫功绩。
他们的风骨与付出都跟随祖国的命运，
一起跌宕，一起华美，一起经典，一起传扬！

杏坛放歌同心圆 XINGTANFANGGETONGXINYUAN

这一封封信笺，代表了无数仁人志士
这一封封信笺联络了分散在各地的中华儿女，
见证着新中国的发展，铭记着革命奋斗的不屈，
传递了美好生活的希望。
他们将自己的故事和爱都写在了信里，
寄给未来的他们和现在的你。
我们要把爱的甜蜜写进这封信里，
把它寄给未来的他们和现在的自己。
让爱随着这封信，在时空中传递。
让爱随着这封信，在时空中传递。

我的南方和北方

河南牧业经济学院
作　者：赵凌云
朗诵人：李　春　韩　飞

自从认识了那条奔腾不息的大江，
我就认识了我的南方和北方。
自从认识了那条奔腾不息的大江，
我就认识了我的北方和南方。

杏坛放歌同心圆

我的南方和北方相距很近,近得可以隔岸相望。
我的北方和南方相距很远,远得无法用脚步丈量。

大雁南飞,用翅膀缩短着我的南方与北方。
燕子归来,衔着春泥表达着我的北方与南方。
我的南方,也是柳永和李煜的南方。
一江春水滔滔东流,
流去的是落花般淡淡的哀愁和凄凉。
梦醒时分,定格在杨柳岸晓风残月中的忧伤,
也注定只能定格在南方才子佳人忧怨的面庞……
我的北方,也是李白和高适的北方。
烽烟滚滚,战马挥缰,
在胡天八月的飞雪中,
骑马饮酒的北方将士,正开进刀光剑影的战场。
所有的胜利与失败,
最后都化作边关冷月下的一排排胡杨……

我曾经走过黄山、衡山、峨眉、雁荡,寻找着我的南方。
我的南方却在乌篷船、青石桥、油纸伞的深处隐藏。
在秦淮河的灯影下,我凝视着我的南方。
在寒山寺的钟声里,我倾听着我的南方。
在富春江的柔波里,我拥抱着我的南方。
我的南方啊!
杏花春雨,小桥流水,莺飞草长。

我曾经走过天山、昆仑、长白、太行,寻找我的北方。

我的北方却在黄土窑、窗花纸、蒙古包的深处隐藏。
在风沙走石的戈壁滩,我与我的北方并肩歌唱。
在塞外飞雪的兴安岭,我与我的北方沉思凝望。
在苍茫一片的山海关,我与我的北方相视坚强。
我的北方啊!
大漠孤烟,长河落日,唢呐嘹亮。

从古到今,那条奔腾不息的大江就像一根琴弦,
弹奏着几多兴亡,几多沧桑。
从古到今,那条奔腾不息的大江就像一根琴弦,
弹奏着几多沧桑,几多兴亡。
在东南风的琴音里,我的南方雨打芭蕉,
荷叶轻漂,婉约而又悠扬。
在西北风的琴音中,我的北方雪飘荒原,
腰鼓震天,凝重而又张狂。
我的南方和北方,
我的北方和南方,
我们永远的故乡和天堂!

祖国，你就是我最想唱的那首歌

濮阳职业技术学院

原作者：碑林路人

朗诵人：温颖晗　田钰杨

你是一粒种子落在干涸的土地

你是一抹云霞挂在失血的天空

你是滚滚东去的长江波涛

你是汹涌而来的黄河巨浪

当金色的霞光洒满巍巍的秦岭
当五星红旗在雪域高原上冉冉升起
当千年的古莲冲破黑暗的土地
当伤痕累累的脊梁在狂风暴雨中勇敢的挺立
祖国，我亲爱的祖国，你就是我要唱的那首歌

你从五千年的史卷中走来
你从血雨腥风的厮杀中崛起
你是隶书小楷的横平竖直
你是唐诗宋词的婉转韵律
你是敦煌飞天而起的壁画
你是丝绸之路依旧清脆的款款驼铃
你是无韵的《离骚》，你是多情的《红楼》
你是秦淮的明月，你是西子的歌喉
祖国，多彩的祖国，你就是我心中的那首歌

我爱你高耸的山脉
我爱你湍急的河流
我爱你风吹不折的脊梁
我爱你忍辱负重的沉默
当列强侵蚀了你的土地
当迷雾迷离了你的双眼
当病毒感染了你的肌体

杏坛放歌同心圆 XINGTANFANGGETONGXINYUAN

我听见了你沉重的脚步和你哀伤的叹息

祖国，饱经磨难的祖国，你就是我最心疼的那首歌

我站在遥远的他乡眺望我的祖国

你的黄皮肤，你的黑眼睛，就是我的母亲

你的山川、你的河流、你的红土地

你的黑土地，都是我不忍割舍的家园

你是我血水汗水滋养的童话

你是我骨骼里铮铮而响的力量

我爱你深沉博大的情怀

我爱你涅槃重生的勇气

纵然我只是一颗无名的种子

我依旧要在你辽阔的土地上吐蕊、萌芽

祖国，亲爱的祖国，你就是我最爱唱的那首歌

当朝霞冲破黎明前的黑暗

当十三亿龙的传人同唱一首歌

当北雁南归　当落叶归根

当花满乾坤　当誉满中华

祖国，我要为你唱首歌

唱出青花瓷的婉约

唱出千年编钟的质朴

唱出《三字经》《百家姓》的童真

唱出《清明上河图》的宏大严谨

我的歌声是希望的田野
我的歌声是丰收的十月
我的歌声是满园的春色
我的歌声是壮丽的启程

祖国，请听我为你唱首歌
祖国，你就是我要唱的那首歌

圆梦路上的河大统战人

河南大学

作　者：席子明（原创）

朗诵人：席子明　赵小雨　杨生源

2017 年 9 月 21 日

这是一个注定要载入河南大学历史的日子，

也是一个注定要载入河南教育史的日子，

这一天 105 岁的河南大学入选国家"双一流"建设高校，

实现了河南大学重返国家队的梦想！

为了这一天，
一代代河大人夙兴夜寐，不甘平庸；
披荆斩棘，自强不息，
谱就了可歌可泣的辉煌篇章。

河南大学从历史深处走来，
1912年，
以林伯襄为代表的一批河南仁人先贤，
在欧风美雨和辛亥革命胜利的曙光中，
创办了河南留学欧美预备学校。

抗战时期，
河南大学坚持敌前办学，播撒文明，
取得了世人瞩目的办学成果。
1942年3月10日，
河南大学升格为国立河南大学，
成为抗战烽火中屹立中原的教育重镇。

2008年10月17日，
河南省人民政府和教育部共建河南大学，
为河南大学创建高水平大学插上了腾飞的翅膀。

2012年3月，
河南大学棉花生物学国家重点实验室揭牌，

实现了河南省高校国家重点实验室"零"的突破。

可由于种种原因,
一个有着一亿多人口的大省,
竟没有一所"985"大学,
河南人民不甘心,
河南学子不甘心!

为了河南大学能重返国家队,
当了10年全国政协委员的民盟成员,前河南大学校长娄源功
呼吁了整整10年,
被称为"最执着的政协委员"。
从国务院,到教育部,
他无数次地往返,
磨破了鞋底,磨薄了嘴唇,
用真情,
用泪水,
用河南大学辉煌的成就,
向世人呐喊,
还河南教育一个公平,
给河南学子一个机会。
为了这一天,
娄校长,黑发变成了白发,
直到退休,
脸上堆满无奈的皱褶。

宋纯鹏，民进会员，现任河南大学校长，
河南大学入选"双一流学科大学"，
就是他领军的生物学学科。
为了这一天，
他毅然决然从英国归来，
在艰苦的条件下，
筹建河南大学生物学科，
没有实验室，自己建；
没有人才，他四处奔波招贤纳士；
就这样，
经过30余年的拼搏，
一个世界一流的学科诞生了！
他凭着"打铁还须自身硬"的执着，
为河南大学圆梦国家队，
奉献了汗水与心血，
付出了青春和年华，
他以一个铁塔牌河南人的担当，
让百万河南学子神采飞扬，
让一亿河南人扬眉吐气！

圆梦路上，
有一届又一届领导的付出，
还有一代又一代河大人的拼搏！
为了这一天，
两弹一星功臣党鸿辛院士，

倒在了实验室，
把梦永远地定格在了河大。

为了这一天，
朱自强教授，
独自一人从遥远的东北来到河大，
吃剩饭喝凉水，
把工资用于买仪器购设备，
而他留在世上的最后一句话竟是：
你们要坚持！

创业难守业更难，
2020年"双一流"将迎来首次大考，
这像一块巨石一样
压在河南大学新任党委书记卢克平的心头。
河南大学如若保不住"双一流"，
将成为亿万中原父老的罪人。
怎么办？
出台"双一流"建设方案，
分解"双一流"建设任务，
成立建设小组和学科处，
召开人才建设专题会，
一股建一流、保一流的春潮，
在百年河大涌动，
必将掀起惊天海浪！

明德新民，止于至善，
自强不息、百折不挠的河大人，
在一穷二白的画布上，
描绘出了崭新的画卷
勾勒出了五彩的愿景，
取得了无愧于时代的成绩。

铁塔湖畔，
古城墙旁，
河南大学静静地矗立了106年，106年哪！
60余万河大学子走出校门，
成长为国家栋梁！

圆梦路上，
河大人不忘初心，砥砺前行；
圆梦路上，
河大人在习近平新时代中国特色社会主义思想指引下，
为实现中华民族伟大复兴的中国梦，
奋斗！奋斗！！奋斗！！！

一个响亮的口号
——纪念中共中央"五一口号"发布七十周年

许昌学院

作　者：李俊恒（原创）

朗诵者：许　涛　吴艳艳　艾辰星　黄　杰　杨　国

七十年前的那个春天

立春来得挺早

河水悄然破冰

春风卷起春潮

华北的黄土地绿荫点点

解放区的春天艳阳初照

苦难的人民奋然觉醒

解放的路上汇聚各路英豪

为了实现共同的理想

为了达到共同的目标

四万万人民

四万万战士

以排山倒海的气势

万箭齐发，愤怒射向蒋家王朝

1948年的春天，四平解放

黑土地上到处唱着二人转

1948年的春天，收复延安

信天游唱遍黄土高原

1948年的春天，周旋大别山

嘹亮的歌声响彻黄淮平原

1948年的春天，国统区哀鸿遍野

反战的呼声波涛激湍

那个春天

山雨欲来，万里长空红旗漫卷

那个春天

红泥作浪，春风将绿江南岸

那个春天

杏坛放歌同心圆　XINGTANFANGGETONGXINYUAN

春风化雨，革命的车轮滚滚向前
那个春天
梨花飘雪，新中国的曙光晨曦初现

民主的洪流
黄河之水天上来
解放的号角
雄鸡一声天下白
社会贤达
各路英豪
听人民之呼声
扣时代之脉搏
为民众之福祉
顺世界之大潮
经过艰难的探索
认清了一条正道
汇聚了各方意志
得出了一条大诰
这就是——
民主协商建国大业
坚持共产党的领导

于是
中国共产党汇集众智
领袖毛泽东巨手挥毫

万里晴空一声雷

"五一节"的天空里

响起了震耳欲聋的口号——

召开新政协

共商建国业

推翻旧政府

建立新中国

从此后

钟山风雨起苍黄

百万雄师过大江

红旗漫卷遮天地

中华民族喜欲狂

从此后

自从盘古开天地

三皇五帝到于今

红旗卷起农奴戟

人民翻身做主人

从此后

中共领导是核心

多党合作本初心

互相监督尽使命

参政议政忧国心

兴利除害敢担当
肝胆相照诤友心
长期共存国体重
荣辱与共休戚心

从此后
所有的成绩与辉煌
都因"五一口号"而取得
所有的艰难与坎坷
都依靠"五一口号"去攻克
所有的委屈与失误
都依赖"五一口号"而解惑
所有的改革与探索
都借助"五一口号"去开拓
所有的宏图与梦想
都依靠"五一口号"而斩获

一个看似普通的口号
却是一个响亮的口号
一个伟大的口号
一个名垂青史的口号
中国人民的命运由此而改变
中华民族的历史由此而自豪
新中国的国体由此而奠基
新中国的政治制度由此而定调

屹立于世界民族之林的强国路由此而拓展
实现民族复兴的伟大中国梦由此而更加妖娆

"五一口号"
一个响亮的口号
带领我们走过了七十年不平凡的历史
"五一口号"
一个伟大的口号
定将引领我们在强国路上快步奔跑
我们充满自信
实现"两个一百年"的目标指日可待
我们充满自豪
相信中华民族的未来会更加美好!

勠力同心跟党走，携手奋进谱华章

南阳师范学院
作　者：司宁达（原创）
朗诵人：韩　璐　刘宜林　胡　泊　王钧平

你，诞生在南湖红船，志在远方
你，成长于苦难中国，不惧风霜
你，投身于抗日救亡，身影匆忙

你，忧心于民不聊生，奋起倒蒋

党啊，我亲爱的党——
担负着人民重托，你扬帆远航
高山巍峨，你是民族的脊梁
海纳百川，你心胸宽广

救亡图存，你勇于担当
面对困厄，你坚韧顽强
披荆斩棘，你胸怀梦想
中华崛起，你矢志不忘

你，是灯塔，指引方向
你，是云帆，鼓风踏浪
你，是明灯，照亮前方
你，是红日，给人希望

国土沦丧，民族危亡
你一声呐喊，挺起胸膛
八一宣言，响彻四方
统战思想，熠熠闪光

鼓角声声，红旗飘扬
肝胆相照，共赴国殇
荣辱与共，振我家邦
镰刀锤头，永放光芒

统战，架起解放全国的桥梁，跨过长江
统战，沟通东西南北的热线，国是共商
统战，革命胜利的法宝，民族解放的基桩
统战，集体智慧的结晶，民族振兴的保障

一个篱笆三个桩，一个好汉三个帮
灾难来时，众志成城，紧跟着党
助力脱贫，奉献爱心，大爱无疆
反对分裂，铁骨铮铮，意志如钢

春天向我们走来，
中华民族展开腾飞的翅膀
春天向我们走来，
迎着十九大火红的朝阳

曾经，我们拥有同一个梦想
那就是祖国富强
今天，我们拥有同一份渴望
那就是再造辉煌

中华民族的热血
在胸中流淌
古往先辈的荣光
在梦中回荡

新的时代，新的梦想

新的征程,新的思想
我们把历史深情凝望
我们把使命牢记心上

虎踞龙盘今胜昔,
天翻地覆慨而慷。
勠力同心跟党走,
携手奋进谱华章!

海棠花祭（节选）

商丘师范学院
作　者：邓颖超
朗诵者：梁东红

2018年3月1日，习近平总书记在纪念周恩来同志120周年诞辰时指出，周恩来同志高度重视发挥统一战线在社会主义革命和建设中的作用，为坚持和完善中

国共产党领导的多党合作和政治协商制度做出了重要贡献。

周总理离开我们已经 42 年了。此刻，我们借邓颖超同志这篇《海棠花祭》，再次走进西花厅，欣赏那娇艳盛开的海棠花，共同缅怀统战先驱——周恩来。

春天到了，西花厅的海棠花又盛开了。
看花的主人已经走了，离开了我们，不再回来了。
你不是喜爱海棠花吗？
解放初期，你偶然看到了这海棠花盛开的院落，就爱上了海棠花，也就爱上了这个院落，到这个盛开着海棠花的院落来居住。
你住了整整二十六年，我比你住得还长……
你在的时候，海棠花开，
你白天常常在繁忙的工作之中，抽几分钟散步观赏……
你看花的背影，仿佛就在昨天，就在我的眼前。
……
你不在了，可是每到海棠花开放的时候，常常有爱花的人来看花。
在花下树前，大家一边赏花，一边缅怀你，想念你，
仿佛你仍在我们中间。
你离开了这个院落，离开它们，离开我们，你不再回来。
你到哪里去了啊？
我认为，你一定随着春天温暖的风，又踏着严寒冬天的雪……
深入到祖国的高山、平原……经过黄河、长江的运移，
你进入了无边无际的海洋。
你，不仅是为我们的国家，为我们国家的人民服务，
而且你为全人类的进步事业，为世界的和平，

一直在那里跟人民并肩战斗。

……我们的爱情总是和革命交织在一起，
因此，我们革命几十年，
出生入死，艰险困苦，患难与共，悲喜分担，
……我们的爱情，经历了几十年也没有任何消减。
你曾说：一想到我们死去的那些烈士，我们亲密的战友们，
就有使不完的劲，要加倍地努力工作，
全心全意地为人民服务。这也激励着我……
我们之间谁也没有计较谁的相貌，计较性格有什么差异，
为共产主义的理想奋斗，
这是最可靠的长期的相爱的基石和保证。
我们是……经过几十年的战斗，结成这样一种战友的、伴侣的、
相爱始终的、共同生活的夫妇。
把我们的相爱溶化在人民中间……
每当我遥想过去，浮想联翩，
好像又回到我们的青年时代，并肩战斗的生活中去，
心潮澎湃，久久不能平静。
我现在老了，但是我要……生命不息，战斗不止，
努力为人民服务。
同志、战友、伴侣，听了这些你定会含笑九泉的。
我写的这一篇……就作为纪念战友、伴侣的偶作和随想吧。

邓颖超

一九八八年四月

祖国到底是什么

平顶山学院
作　者：路　遥
朗诵者：刘飞曼

我曾经不止一次地想过，
祖国，到底是什么？
我想呀，想呀，

每一次想起"祖国"这两个字,

心里便泛起一阵温柔的波浪,

眼里便涌起一片晶莹的泪花,

血管里便奔腾起一股股热血……

祖国是什么?

她是山,是海,

是森林,是草地,

是村庄,是城市,

是莽莽无垠的沙漠,是绵延起伏的丘陵。

祖国是什么?

她是炊烟,是鸽哨,

是端午的龙舟,是中秋的火把,

是情人在木栅栏后的热烈亲吻,

是婴儿在摇篮里咿咿呀呀的呼唤,

是母亲在平底锅上烙出的煎饼,

是父亲在远行时的殷殷叮咛。

祖国是什么?

她是孔子、老子、庄子的思考,

是屈原、李白、陆游的诗,

是韩愈、柳宗元、苏轼的散文,

是李煜、李清照、辛弃疾的词,

是八大山人、郑板桥、齐白石的画,

是米芾、黄山谷、林散之的书法，
是我们先辈中那些最智慧的人的创造，
是我最尊崇的那些大师们的劳绩。

祖国是什么？
她是一次次的屈辱，
她是一次次的抗争，
一次次的失败，一次次的奋起。
她是战士手中的枪、志士颈上的血，
是胜利后的狂欢，
是史书上一页页不朽的篇章。

世界上有许多美好的地方。
但是，那里有黄山吗？有黄河吗？
有长江吗？有长城吗？
有母亲生育我时的衣胞吗？
有我一步步艰难跋涉过来的足印吗？
有我和我的亲友们都已经习惯了的那些难以尽说的民风民俗吗？
有我一开口哼唱就觉得荡气回肠的乡音黄梅戏吗？
没有。
既然这些都没有，
那么，祖国就是一个不可替代的地方。

祖国，
她是一首唱不完的恋歌，
一篇写不尽的美文。

她是我们那祖先和祖先的祖先赖以繁衍生息的地方，

也是我们的子孙和子孙的子孙赖以生存发展的地方。

我曾经不止一次地的想过，

祖国，到底是什么？

我想呀，想呀——

我亲爱的祖国！

我们从这里出发

河南财经政法大学
作　　者：王　展
改　　编：王唯贤
朗诵者：王唯贤

光阴流转，风雨如磐。
有一种信仰历久弥坚，
有一面旗帜猎猎飞扬。

杏坛放歌同心圆 XINGTANFANGGETONGXINYUAN

此时此刻，我想讲一个故事给您听。

1945年7月4日，延安，

一孔窑洞，一盏煤油灯，

两个人，一夜倾谈。

一位是共产党的伟大领袖毛泽东主席，

一位是爱国民主人士黄炎培先生。

黄炎培诚恳地谏言：

"希望能找出一条新路，跳出历史周期率的支配！"

毛泽东朗朗地回应：

"我们已经找到了新路，这条新路，就是民主！"

一样的赤子心，

一样的爱国情，

金风逢玉露，

胜却人间无数。

1948年4月30日，陕北新华社

中国共产党发布"五一"口号

如同茫茫夜色中的一道光，

照亮了民族前行之路。

从这一天起，

各民主党派紧密团结在中国共产党的周围，

肝胆相照，荣辱与共，共同走过了漫漫征程。

一路走来，我们亲历了中华民族从站起来到富起来，

明天即将强起来！

一路走来，我们见证了中国共产党始终保持正确的前进方向，
用事实回答了历史周率期的疑问！
一路走来，我们携手相伴，风雨同行，
开创了中国特色社会主义新时代。
一路走来，我们愈加自信，
在新型政党制度的框架下逐梦前行，
必将实现中华民族的伟大复兴！
循着光阴的脚步，
触摸时间的温度。
历史，在反复诉说着一个颠扑不灭的真理：
选择了中国共产党，
就是选择了光明，选择了希望，选择了未来！
一切向前走。走得再远，走到再光辉的未来，
都不能忘记走过的路，不能忘记为什么出发。
延安窑洞的煤油灯依然散发着温暖的光，
我们的耳畔依然回荡着先辈激昂的声音
我们，从这里出发
山河岁月，初心未改！
共产党人的初心，就是为中国人民谋幸福，为中华民族谋复兴。
各民主党派的初心，就是坚决拥护中国共产党的领导，
携手合作前行，致力中华复兴！
草木蔓发，春山可望。中共十九大开启了新时代的壮丽篇章。
全党核心、军队统帅、人民领袖习近平
给我们指明了前进的方向。
秉持着各民主党派先辈们的家国情怀，

杏坛放歌同心圆
XINGTANFANGGETONGXINYUAN

我们使命在肩，砥砺前行！

满腔热忱育桃李，三尺讲台谱华章。

春天，我们在"两会"上

为国家富强、中原出彩、决胜全面小康，建言献策；

夏天，我们奔赴贫困地区捐资助学，奉献爱心；

秋天，我们慰问抗战老兵，传承爱国精神；

冬天，我们到社区普法宣传，推进法治社会建设。

龙子湖畔的桃花红了，

博学路上的樱花开了，

同学们琅琅的书声，

是我们前行的力量。

这是一个属于人民的新时代，

这是一个无上光荣的新时代，

这是一个创新拼搏的新时代，

这是一个铸就辉煌的新时代。

我们从这里出发

不负历史重托，为了人民福祉，

我们从这里出发

弘扬中国精神，凝聚中国力量，

我们从这里出发

意气风发走进新时代，创造新辉煌！

不离不弃 风雨相随

新乡学院
作　者：王汇涓（原创）
朗诵者：陈云飞　刘　侃　毛阳南　赵偲宇

七十年光阴似箭。
七十年风雨兼程。
七十年不改初心。

杏坛放歌同心圆 XINGTANFANGGETONGXINYUAN

七十年春华秋实。

七十年荣辱与共。

七十年肝胆相照。

七十年坚定不移。

七十年同心同德。

七十年同舟同济。

七十年与时俱进。

七十年真情奉献。

七十年协商建国。

七十年和谐鸣奏。

七十年凝心聚力。

七十年完美合作。

七十年前,

在新中国即将建立的1948年,

在民心所向众望所归的情况下,

在革命战争已经看到胜利曙光的情况下,

在中国形势一片大好的情况下,

在百废待兴千头万绪的情况下,

党中央和毛主席首先确定了未来中国的治国理念,

通过"五一"口号宣传中国共产党的政治主张,

这不仅是新民主主义时期的宣言书,

更是完成新民主主义革命的行动纲领。

让我们一起重温那充满革命激情的建国邀请函,

让我们一起牢记那鼓舞人心的建国动员令：

"全国劳动人民团结起来，联合全国知识分子、自由资产阶级、各民主党派、社会贤达和其他爱国分子……建立新中国而共同奋斗"

"各民主党派、各人民团体及社会贤达，迅速召开政治协商会议，讨论并实现召集人民代表大会，成立民主联合政府"……

中国共产党首创性地提出
与各民主党派携手推进中国革命。
"五一口号"一发出，
立即在国内外引起强烈反响，
得到各民主党派、无党派民主人士、社会各界和海外华侨的
积极响应。
"共产党领导、多党派合作，共产党执政、多党派参政"的
政党制度，不仅厚植于中国土壤，
还有着独特的"中国制造""中国创造"的标签。
它创造了一种崭新的政党制度模式，
实现了集中领导和发扬民主、有序参与和充满活力的有机统一。
这种开创性的崭新理念的提出，
展现了年轻的中国共产党人博大的胸怀和高瞻远瞩的视野，
至今想来，都令人热血沸腾击节赞叹。

"五一口号"的提出，
在新中国的历史上书写了浓墨重彩的一笔，

在共产党领导的统一战线史上居功至伟，
在各民主党派发展史上都留下了辉煌的一笔。
"五一口号"的提出，
拉开了中国共产党与民主党派、无党派人士协商建国的序幕，
为最终确立中国共产党领导的多党合作和政治协商制度奠定了重要基础，
可谓立国之本，立党之本。

2018年4月10日上午，中国民主促进会在京召开了中央发布"五一口号"70周年座谈会，全国人大常委会副委员长、民进中央主席蔡达峰出席座谈会并讲话。蔡达峰强调："五一口号"的发布和响应，充分反映了我国新型政党制度的历史必然性和现实必要性。70年来，在中国共产党领导下，我国多党合作事业蓬勃发展，各民主党派积极投身建立新中国、建设新中国、探索改革路、实现中国梦的伟大实践，取得了举世瞩目的辉煌成就。事实证明，新型政党制度符合社会发展、政党建设的规律，是马克思主义与中国国情相结合的产物，是扎根中国土壤、汇聚中华文明的产物，是历史的选择、人民的选择，是中国共产党、中国人民和各民主党派、无党派人士的伟大政治创造，是对人类政治文明的独到贡献。

时间是最好的证人。
桃李不言，下自成蹊。
岁月不言，成绩说话。

七十年的历史已经证明，
中国共产党"五一口号"的发布，
有力地推动了我国多党合作政党制度的形成，
是我国多党合作史上的一个里程碑。
七十年来，中国共产党信守承诺，
七十年来，中国民主党派风雨相随。
中国民主党派紧密团结在中国共产党的周围，
以人民群众为圆心，携手画出了一个最圆满的同心圆。
七十年来，我们齐心合作，悉心勠力，
实现中华民族的伟大复兴，
实现人们对美好生活向往的奋斗目标。
民主党派成员继承传统、开拓创新，团结进取、尽职尽责，
为推进新时代中国特色社会主义伟大事业贡献力量。
"只有跟着共产党走，才是在正道上行。"
这是中国民主促进会第一任主席马叙伦的政治遗训，
也是中国民主促进会这些年来指导工作的第一原则。
七十年来，我们中国民主促进会的一批又一批仁人志士，
秉承"只有跟着共产党走，才是在正道上行"这一正确思想，
始终与中国共产党肝胆相照，
彼此的奋斗目标和最高利益始终保持着一致。
坚定接受中国共产党领导，
为国家建设鞠躬尽瘁、尽职尽责、无私奉献。
老一辈民进人无私分享着他们对"立会为公"的理解，
鼓励新一代民进人要从民进前辈留下的宝贵精神财富中汲取营养和动力，

丰富民进优良传统的时代内涵，谱写民进新的历史篇章。

2018年2月6日，习近平在人民大会堂同各民主党派中央、全国工商联负责人和无党派人士代表座谈并共迎新春。从2013年至今，这已是习近平以中共中央总书记身份第六次同党外人士共迎新春。这项传统的坚持，充分表现了新一代领导人对民主党派的重视。

习近平强调，各民主党派、工商联成功召开全国代表大会，选举产生了新一届领导班子和领导机构，为多党合作事业长远发展注入了新的活力。习近平提出，组织中共中央发布"五一口号"70周年系列纪念活动，重温多党合作历史，弘扬优良传统。正如当时的一个评论的标题，这次座谈会充分体现了"多党合作要有新气象，薪火相传注入新活力"。

值此"五一口号"发表70周年之际，
作为民进的后来者，
重温民进响应中共中央"五一口号"的历史，
是为更好地继承传统，铭记使命。
我们要以此为契机，以更饱满的热情投入工作，
努力做一名
有理想、有作为、有事业心的新时代民主党派成员，
在实现"两个一百年"奋斗目标和
中华民族伟大复兴中国梦的伟大进程中，
与中国共产党一道，再谱团结奋斗的新篇章，

再创多党合作事业的新辉煌。
我国伟大的文学名著，
被称为"封建社会百科全书"的《红楼梦》中
有一句美好的句子，
借来作为对我国未来多党合作的祝福——
"不离不弃，芳龄永继。"

春天,遂想起

郑州师范学院

作　者：余光中
朗诵者：赵志奇　王媛媛

春天,遂想起
江南,唐诗里的江南,九岁时
采桑叶于其中,捉蜻蜓于其中

（可以从基隆港回去的）

江南

小杜的江南

苏小小的江南

遂想起多莲的湖，多菱的湖

多螃蟹的湖，多湖的江南

吴王和越王的小战场

（那场战争是够美的）

逃了西施

失踪了范蠡

失踪在酒旗招展的

（从松山飞三小时就到的）

乾隆皇帝的江南

春天，遂想起遍地垂柳

的江南，想起

太湖滨一渔港，想起

那么多的表妹，走在柳堤

（我只能娶其中的一朵！）

走过柳堤，那许多的表妹

就那么任伊老了

任伊老了，在江南

（喷射云三小时的江南）

即使见面，她们也不会陪我

陪我去采莲，陪我去采菱

即使见面，见面在江南

在杏花春雨的江南

在江南的杏花村

（借问酒家何处）

何处有我的母亲

复活节，不复活的是我的母亲

一个江南小女孩变成的母亲

清明节，母亲在喊我，在圆通寺

喊我，在海峡这边

喊我，在海峡那边，

喊，在江南，在江南，

多寺的江南，多亭的

江南，多风筝的

江南啊，钟声里

的江南

（站在基隆港，想——想

想回也回不去的）

多燕子的江南

春雷·曙光

河南理工大学
作　者：陈　鹏
朗诵者：李新现　孟天屹　李　瞳

1948年4月
一声春雷直落九天
吹响了解放全中国的号角
唱响了建设新中国的序章

1948年4月

一道曙光撕开晨雾

照亮了解放全中国的道路

迈出了建设新中国的第一步

这声春雷

这道曙光

就是"五一口号"的发布

毛主席亲笔写下——

"各民主党派、各人民团体及社会贤达,

迅速召开政治协商会议,

讨论并实现召集人民代表大会、成立民主联合政府!"

毛主席这一笔

胸怀博大,高瞻远瞩

民革、民盟、民建、

民进、农工、致公、

九三学社和台盟

各民主党派、各爱国民主人士

热烈响应

奔赴解放区

团结在中国共产党的周围

中国的民主政治建设和政党政治建设

从此揭开了新的一页

我们的土地上

将不再有列强的铁蹄践踏

我们的山河

将从破碎中走向昂扬

我们的人民将不会再受欺凌

我们的未来将掌握在自己的手上

中国民主同盟

爱国志士与民主斗士云集的政党

中国共产党的挚友

在这时也坚定地和中国共产党站在了一起

在春雷炸响之前

有李公朴、闻一多的悲壮不屈

有张澜为民解难的奔走、为国分忧的牺牲

在曙光闪耀之前

有黄炎培"劳工神圣"的呐喊

有沈钧儒等"七君子"的大义凛然

还有费孝通的《乡村经济》《乡土中国》

更有杨明轩、胡愈之、楚图南……

这些民盟领袖和盟员们的殚精竭虑、披肝沥胆

春雷过后顺着曙光的方向

我们看到

长期共存、互相监督、肝胆相照、荣辱与共

这十六字方针熠熠生辉

中国各民主党派

在中国共产党的领导下

砥砺前行不断进取

秉承"奔走国事关注民生"的优良传统

民盟在新时期提出了

出主意想办法做好事做实事的号召

全国盟员

上下同心建言献策

一件件提案

一个个真知灼见

造福了百姓生活

加强了祖国建设

河南的盟员们积极响应

为中原崛起贡献智慧

为中原经济区建设披肝沥胆

我们广交朋友服务开放经济大发展

我们搭桥引路服务非公经济大发展

我们协调各方服务民族经济大发展

我们荟萃群英服务知识经济大发展

特色鲜明魅力无限

硕果累累，遍及中原

烛光行动

点燃了贫困儿童眼中希望的火焰

烛光小学的捐建

使那希望的火焰能够燃烧出彩霞满天

放歌中原

把欢歌笑语送给基层大众

义诊行动

把健康的种子播撒于人群之中

关爱教育

使残缺的翅膀能够重新蓝天舞动

盟动中原脱贫攻坚

顺应时代特点关注民生需求的改变

啊，1948 年的春天

（1948 年的春天）

2018 年的春天

（2018 年的春天）

七十年岁月

中国共产党和各民主党派初心不改

为了中华民族繁荣昌盛

七十年岁月

祖国建设历尽艰难终成大业

实现民族复兴远景灿烂

听又一声春雷充斥天地间

那是巨龙腾飞前的吟声

在习主席的带领下

全面建设小康社会的战鼓已擂响

祖国在党的领导下开始了屹立东方的新征程

看巨龙圆睁的眼中

映出了天边的曙光彤彤

祖国的未来欣欣向荣已近在眼前

听又一声春雷充斥天地间

那是巨龙腾飞前的吟声

看巨龙圆睁的眼中

映出了天边的曙——光——彤彤

杏坛放歌同心圆
XINGTANFANGGETONGXINYUAN

诗意中国

南阳医学高等专科学校

原作者：清瘦的雨，逍遥狼

改　编：黄金珠

朗诵者：刘　岩　黄金珠　侯　萍　董宛瑾　陈泳卓

给我一片蓝天，一朵洁白的想象

给我一方沃土，一双腾飞的翅膀

月光碾过光阴的古道

春水流过岁月的洪荒

历史铸就多彩的民族

华夏腾起龙海的巨浪

滔滔黄河水孕育了奔涌的智慧

滚滚长江浪历练了激越的诗行

一声叹息里

便有诗经的雅韵汉赋的幽香

沿着岁月的栈道

在诗意中国的脉搏里流淌

甲骨上的符号推开了文明的门扉

青铜上的篆刻奏响了文学的篇章

一句"杨柳依依"

便有了春秋的风雨古人的离殇

沿着尘封的时空

让诗意中国的身影在记忆中点亮

采薇采薇，薇亦作止。采薇采薇，薇亦柔止。

采薇采薇，薇亦刚止。彼尔维何？维常之华。

昔我往矣，杨柳依依。今我来思，雨雪霏霏。

昔我往矣，杨柳依依。今我来思，雨雪霏霏。

江南的俏丽迷醉了寻香的蝴蝶

春雨的温润催开了追风的海棠

杏坛放歌同心圆

一树花影里
便有"绿肥红瘦"的曼妙和"不知归路"的惆怅
沿着婉约的藤蔓
在诗意中国的衣袖上飘香

常记溪亭日暮,沉醉不知归路。兴尽晚回舟,误入藕花深处。
争渡,争渡,惊起一滩鸥鹭。
昨夜雨疏风骤,浓睡不消残酒。试问卷帘人,却道海棠依旧。
知否,知否,应是绿肥红瘦。

战马的嘶鸣惊碎了皎洁的月光
战鼓的铿锵震痛了风沙的心房
一声长啸里
便有"樯橹灰飞烟灭"的酣畅和"大江东去"的激昂
沿着酒酿的醇香
在诗意中国的血脉里贲张

大江东去,浪淘尽,千古风流人物。故垒西边,人道是,
三国周郎赤壁。乱石穿空,惊涛拍岸,卷起千堆雪。
江山如画,一时多少豪杰。
遥想公瑾当年,小乔初嫁了,雄姿英发。羽扇纶巾,
谈笑间樯橹灰飞烟灭。故国神游,多情应笑我,早生华发。
人生如梦,一尊还酹江月。

北国的冰凌雕琢飞翔的韵律
南国的紫荆舒展柔软的情长

神舟的臂膀牵起嫦娥的衣袖
蛟龙的怒吼惊艳世界的目光

中国的诗意无处不在
中国的诗意无时不在
它折叠在昔我往矣杨柳依依的风雅里
它奔腾在乱石穿空惊涛拍岸的故事里
它渗透在万山红遍层林尽染的秋色中
它辉煌在江山锦绣分外妖娆的壮美中

给我一片蓝天，一朵洁白的想象
给我一方沃土，一双腾飞的翅膀
我中国的诗意
已在"而今迈步从头越"中雄姿英发
我诗意的中国
必将引领世界文明迈入崭新的辉煌
我的诗意中国！

国际歌　中国梦

郑州航空工业管理学院
作　曲：皮埃尔·狄盖特
作　者：欧仁·鲍狄埃
改　编：刘晓端　李庆丰
朗诵者：刘晓端　王　然　叶欣欣　许　帅
　　　　Foret Quentin Aldwin Leo（林森）

2018年，恰逢马克思诞辰200周年，
马克思曾高度评价法国的巴黎公社。
1871年，《国际歌》诞生于那硝烟弥漫的法国。
它气势磅礴，是全世界无产阶级不朽的战歌。
它深沉悲壮，
讴歌了巴黎公社战士的崇高理想和英勇不屈的革命气概。

1923年，《国际歌》开始在中国传唱。
它庄严雄壮，颂扬的英特纳雄耐尔精神在中国人民心中生长，
它豪迈激昂，成为中国无产阶级劳动者家国情怀的颂歌。
国际悲歌歌一曲，狂飙为我从天落。

朋友们，我们从哪里来？
我们曾经是奴隶，否则不会有从1840到1949的百年沉沦；
我们也拥有英雄，否则不会有从1949到2050的百年复兴。
我们中华民族从站起来、富起来到强起来，一路久经磨难，
一路百折不回。

今天，在实现中华民族伟大复兴中国梦的征途中，
在去往星辰和大海的航程上，
让我们继续高扬马克思主义伟大旗帜，
让《国际歌》诵唱的光明与希望、团结与力量在中华大地回响！

	Couplet 1 :
起来，饥寒交迫的奴隶！	Debout ! Les damnés de la terre !
起来，全世界受苦的人！	Debout ! Les forçats de la faim !
满腔的热血已经沸腾，	La raison tonne en son cratère,
要为真理而斗争！	C'est l'éruption de la fin.
旧世界打个落花流水，	Du passé faisons table rase,
奴隶们起来，起来！	Foule esclave, debout ! Debout!
不要说我们一无所有，	Le monde va changer de base :
我们要做天下的主人！	Nous ne sommes rien, soyons tout!
	Couplet 2 :
从来就没有什么救世主，	Il n'est pas de sauveurs suprêmes Ni Dieu, ni César, ni tribun,

也不靠神仙皇帝！	Couplet 2 : Il n'est pas de sauveurs suprêmes Ni Dieu, ni César, ni tribun,
要创造人类的幸福，	Producteurs sauvons-nous nous-mêmes !
全靠我们自己！	Décrétons le salut commun !
我们要夺回劳动果实， 让思想冲破牢笼！ 快把那炉火烧得通红， 趁热打铁才能成功！	Pour que le voleur rende gorge, Pour tirer l'esprit du cachot, Soufflons nous-mêmes notre forgeBattons le fer quand il est chaud!
是谁创造了人类世界？	Couplet 3 : L'État comprime et la loi triche,
是我们劳动群众！	L'impôt saigne le malheureux ;
一切归劳动者所有， 哪能容得寄生虫？	Nul devoir ne s'impose au riche, Le droit du pauvre est un mot creux.
最可恨那些毒蛇猛兽，	C'est assez languir en tutelle
吃尽了我们的血肉！	L'égalité veut d'autres lois :

一旦把它们消灭干净， 鲜红的太阳照遍全球！	《 Pas de droits sans devoirs, dit-elle,Égaux, pas de devoirs sans droits !》
这是最后的斗争， 团结起来到明天， 英特纳雄耐尔 就一定要实现！ 这是最后的斗争， 团结起来到明天， 英特纳雄耐尔 就一定要实现！	C'est la lutte finale Groupons-nous, et demain, L'Internationale, Sera le genre humain. C'est la lutte finale Groupons-nous, et demain, L'Internationale,Sera le genre humain.

2011年，郑航法语专业呱呱坠地，

它稚气童声， 心怀理想

要为中法友谊贡献力量；

它修身治学， 立德树人，

助力莘莘学子展翅翱翔。

7年时光，

它汲取营养，茁壮成长，

不能忘却每位外教的正能量；

诵唱这首国际歌，

因为在郑航法语人心中，

它更是中法两国文化交流的考量。

让我们不忘初心，牢记使命，

为实现中国梦而努力奋斗！

匠之魂 河职梦

河南职业技术学院
作　者：刘　岩　郭晓雯（原创）
朗诵者：王小宁　杨　燕　赵成奇　马寒冰

我有一个梦
梦中的我数控、电子技术精湛
操作着新型机器设备

完成高难度的技术攻关

我有一个梦
梦中的我酒管、烹饪能力非凡
展示着服务精英的风采
推动旅游产业的蓬勃发展

我有一个梦
梦中的我汽修、信息业务熟练
解决各种技术上的难题
在科技的道路上不断登攀

我有一个梦
梦中的我设计、商务水平领先
带领着团队开拓进取
在激烈的竞争中昂首扬帆

我有一个梦
梦中的我舞姿优美、歌声婉转
登上了各种华丽的舞台
引领观众进入艺术的圣殿

我们有一个共同的梦
梦中有你响亮的名字——
河南职业技术学院
你名列国家百所示范性高职院校

是社会高技能工匠培养的摇篮
无论在神州大地的哪个角落
你的名字都闪耀在每个河职人的心间

我的梦穿越历史
五千年华夏文明
孕育了你独特的气质和内涵
六十余载岁月悠悠
书写下你辉煌的历史与变迁
培养社会急需的技能人才
是你几十年不变的诺言

我的梦飞过长空
九曲黄河之滨
你优雅地坐落在美丽的龙子湖畔
依依垂柳，巍巍楼群
倒映着师生美丽自信的笑脸
你博雅刚毅的气质
让每个学子深深留恋

梦里有学子们求知的眼睛
充满着坚定的理想信念
是谁在教室凝神思考
是谁在湖边把英文诵念
是谁在实训室熟练地操作
是谁在音乐厅投入地排练

杏坛放歌同心圆
XINGTANFANGGETONGXINYUAN

是谁在校园里播下希望的种子
是谁用激情把青春的梦想点燃

梦里有老师们辛劳的身影
是谁关心着学子的点滴进步
是谁培养学子们健康发展
是谁用爱心传递着知识技能
是谁用心血承担着技术攻关
是谁在校园里洒下辛勤的汗水
是谁用大爱坚守着执着的信念

梦里有沉甸甸的奖牌
你专业扎实，技惊中原
在国家级高规格职业技能大赛中
你奋力拼搏、屡次夺冠
你用辛勤播撒技术的种子
迎来开花结果
收获大树参天
秋天有丰收的喜讯
你心系就业，目光高远
在全国就业典型经验高校评比中
你当仁不让，一马当先
你建立的大学生创新创业基地
双创成果卓著　在全国遥遥领先

今天，新时代的号角已经吹响

你又站在了一个新的起点
"产教融合、校企合作"
为你注入新的发展动能
"三项工程、三星计划"
为你树立新的育人理念

今天,乘着"十九大"的东风
你又发出了铮铮誓言
努力建设国家级优质高等职业院校
你用奋斗者的气魄把社会大任承担
跟党迈进新时代,同心共筑中国梦
让我们携手河职梦,我与河职共出彩
撸起袖子加油干
让我们共同创造中原崛起的辉煌明天

可爱的中国（节选）

河南信息统计职业学院
作　者：方志敏
朗诵者：刘　琛　轩东晓　白　赓　贾晓真

朋友！中国是生育我们的母亲。你们觉得这位母亲可爱吗？

我想你们是和我一样的见解，都觉得这位母亲是蛮可爱蛮可爱的。

以言气候，中国处于温带，不十分热，也不十分冷，好像我们母亲的体温，不高不低，最适宜于孩儿们的偎依。

以言国土，中国土地广大，纵横万数千里，

好像我们的母亲是一个身体魁大、胸宽背阔的妇人。

……

中国土地的生产力是无限的；

地底蕴藏着未开发的宝藏也是无限的；

……这又岂不象征着我们的母亲，保有着无穷的乳汁，无穷的力量，

以养育她四万万七千万的孩儿？

我想世界上再没有比她养得更多的孩子的母亲吧。

……

其实中国是无地不美，到处皆景……

这好像我们的母亲，她是一个天姿玉质的美人，

她的身体的每一部分，都有令人爱慕之美。

中国海岸线之长而且弯曲，照现代艺术家说来，

这象征我们母亲富有曲线之美吧。

……

中华民族在很早以前，就造起了一座万里长城和开凿了几千里的运河，这就证明中国民族伟大无比的创造力！

中国在战斗之中一旦……得到了自由与解放，

这种创造力，将会无限地发挥出来。

到那时，中国的面貌将会被我们改造一新。

……

到那时，到处都是活跃的创造，到处都是日新月异的进步。

欢歌将代替了悲叹，笑脸将代替了哭脸。

富裕将代替了贫穷，康健将代替了疾苦。

智慧将代替了愚昧,友爱将代替了仇杀。

生之快乐将代替了死之悲哀,明媚的花园将代替了凄凉的荒地!

这时,我们民族就可以无愧色的立在人类的面前,

而生育我们的母亲,也会美丽地装饰起来,

与世界上各位母亲平等地携手了。

这么光荣的一天,决不在辽远的将来,而在很近的将来。

(这么光荣的一天,决不在辽远的将来,而在很近的将来。)

中国梦

郑州工程技术学院
作　者：佚　名
朗诵者：方　璐　张青鸽

这是我的梦
这也是我的梦
这是我们共同的中国梦

今夜

你入我梦来

带着女娲补天的彩石

今夜

你入我梦来

携着伏羲老祖的故事

你用最轻柔的话语呼唤我

这一声，却让我的整个身躯血液沸腾

于是

我聆听着清越的战国编钟走向你

我摩挲漫天黄沙的丝绸之路走向你

我感受着

泰山一览众山小的巍峨

长城一去万里的雄浑

我领略了

江南水乡的柔情

北国雪野的无垠

我看见了

看见了这令我心醉神迷的一切

你看见了吗

是的，我看见了

我看见了游侠泛着寒光的剑身

看见了大汉羽林军头盔耀眼的红缨

你听，那是什么声音

这是铁木真驰骋草原战马的嘶鸣声

是郑和下西洋的船楫声

是戚继光横刀立马誓斩倭寇的呐喊声

那是赤壁的惊涛拍岸，是长白山的松涛林海

是天之涯海之角最动听的啼鸣

是涌入我们灵魂的五千年的光辉

今夜

你又一次入我梦来

我却分明听到你的啜泣

是列强瓜分的铁蹄践踏神圣的土地

是割地求和给万里河山留下伤害几许

是破碎的卢沟晓月、八年风霜，山河失色

中国，中国，屈辱的中国！

我的心同你一样啊，痛到了极致，无法割舍

把痛苦深深地埋在了心底

不屈的信念在磨炼中孕育

多灾多难的母亲啊！

我用泣血的心期盼你苏生的一刻

中国人民喝着滚滚的长江水

体内奔流着黄河般沸腾的血液

换上了万里长城般坚强的脊梁

顶天立地的形象在世界的东方巍然屹立

雪灾地震让我们措手不及

旱情洪水让美丽的家园成了人间炼狱，

我们会屈服吗

不，永远不会，国家是我们坚强的后盾

十三亿人民的爱心足以战胜任何困境

中国，中国，英雄的中国！

俱往矣，数风流人物，还看今朝

中国共产党的艰苦奋斗，让千年古国焕发了青春的容颜

中国共产党的不懈追求，让世界人民瞠目结舌

和平的信鸽飞遍九百六十万平方公里的每一寸土地

人们奔向小康之路的步伐迈得更加雄健有力

啊，中国，中国，不朽的中国！

我骄傲，我是华夏子孙

我自豪，我是龙的传人

当雄鸡在那遥远的东方高唱的时候

中华民族腾飞的捷报一定会频频传扬

中国人民一定会用自己的智慧和汗水

写满今天的成绩，铸就明天的辉煌！

这是我的梦

这也是我的梦

这是我们的中国梦！

同心筑未来，永远跟党走

许昌电气职业学院
作　者：刘书源（原创）
朗诵者：丁　姝　刘书源　肖莹莹　王众毅

你是灯塔，照耀着黎明的海洋；
你是舵手，掌握着前进的方向；
你是风帆，聚集着远航的力量；
你是人民的选择，你是民族的希望。

杏坛放歌同心圆

中国共产党，我们永远跟你走！

带着无比的敬意，我们回眸党的丰功伟绩；
怀揣无限的感激，我们重温革命的历史足迹。

烟雨蒙蒙，一艘红船，划破了一枕残梦，迎来了中国的黎明。
志士先烈聚集在红旗下，南昌城头有了革命第一声枪响。
井冈山上的星火，燎亮起一支红星照耀的队伍；
无数的鲜血与汗水，拯救了民族的危难、点燃了家国的希望。
天安门上的庄严宣告，崭新的中国屹立在了世界的东方。
信念凝聚成钢铁的长城，春风吹响了发展的乐章！

继往开来、改革开放，四个现代化建设改变了贫穷落后的中国；
一国两制、港澳回归，同一个中国有了同一个梦想。
利剑出鞘、亚丁护航，大国的自信，一次次展翅翱翔。
蛟龙入海、神舟飞天，科技的进步，展现出大国重器的光芒。
九十七年风雨洗礼，
中国共产党始终牢记全心全意为人民服务，
带领五十六个民族不断走向富强。
九十七年岁月峥嵘，
中国共产党始终坚持荣辱与共肝胆相照，
团结各民主党派不断走向辉煌。

独立、民主、和平、统一；
多党合作，民主监督，参政议政，共商大计；
薪火相传，代代延续，水乳交融，血脉连系；

中国共产党与各民主党派共同描绘着民族复兴的壮丽篇章。
"中国梦"的宏伟构想，
让每位国人心中都有了一个实实在在的家国之梦。
推进伟大事业、进行伟大斗争、建设伟大工程，
实现民族振兴、人民幸福、国家富强，
这既是全国人民的期盼，更是世界华人的愿望。

以新思想领航新时代，以新理念指导新实践；
以新战略谋求新发展，以新使命创造新业绩。
在习近平新时代中国特色社会主义思想的正确引导下，
在各民主党派万众一心、众志成城的共同努力下，
弘扬中国精神、凝聚中国力量，
讲好中国故事、写好中国篇章，
"两个一百年"的奋斗目标就一定能达成，
中华民族伟大复兴的"中国梦"就一定能实现！
今天，新征程的号角嘹亮，
站在新的历史起点上，我们风帆高扬。
让我们用赤子一样虔诚的情怀，追随着镰刀铁锤的光芒。
不忘合作初心、继续携手前进，
中国共产党，我们永远跟你走！

五年抒怀

河南工业大学

作　者：朱　海
改　编：黄泽峰
朗诵者：黄泽峰　王　良　马海华　刘　阳

又是火红六月绚烂的花季
朋友　你会在哪里欢乐相聚
和青山绿水一起

品尝幸福生活赐予的甘甜如蜜

又是一轮花好月圆良辰佳期
朋友　你会在哪棵树下偎依
和相爱的人一起
吟诵美丽中国最浪漫的诗句

也许　你走着走着心中会涌出莫名的欣喜
打开手机　把一路的风景告知远方的家里
顺手拍几张风景怡人 姹紫嫣红的照片
和惬意的心情一起　发布到朋友圈里

也许　你和我一样喜欢打开书本
戴上耳机　静静享受一种别样的情趣
让岁月在字里行间流淌出时光的新心意
点点滴滴　汇聚起感恩记忆

五年了　一千八百多个朝朝夕夕
给神州大地带来了怎样的惊喜
给江河湖海注入了怎样的活力
给人民的生活啊　又开创出怎样的新天地

我想对我的祖国说
五年了　五年来你的容颜日新月异
我想告诉亲爱的党

五年了　五年来你的脚步矢志不渝

那是"治国理政"的大手笔
那是以人民为中心的奋斗目标向未来开辟
继往开来的中国梦啊
将"两个一百年"的光荣时刻与
民族复兴的大业紧紧维系

朋友　这不是我一个人的感觉
"多党合作和政治协商"如同激荡正酣的交响曲
"不忘初心"的号角啊　振奋人心
奏响了广袤的国土上可持续发展的永恒主题

朋友　这也不仅是我一个人的记忆
五年来　我们的扶贫攻坚战果累累　频传佳绩
昔日的"老少边穷"已经被一个个特色小镇所代替
不忘初心啊　这样的共产党人咱老百姓满意

朋友　这不光是我一个人的体验
世界正在认真聆听"中国方案""中国建议"
那是"一带一路"带来的丰硕成果
用东方的智慧
架设起通向未来的"彩虹云梯"

告诉我　朋友
你是何时听到"老虎苍蝇一起打"的这句话

你心里是否对"依法治国"感奋不已

对五年来"从严治党"的累累硕果表示满意

告诉我　朋友

你在哪里收看盛大的"九三"阅兵和"朱日和"军演

你的青春之歌是否应和"强军号角"嘹亮响起

去捍卫永久和平打造的美好生活连续剧

告诉我　朋友

当北京携手张家口申办冬奥会成功

你会走向哪个冰场迎接 2022 年早春的晨曦

用晶莹的冰雪映衬出健康中国强劲的肌体

告诉我　朋友

当雄安新区在"京津冀一体化"蓝图中挺立

你会用什么样的劳动为它的竣工披红挂绿

它的未来将使中国特色有一个绚烂的新高地

五年的时间说长不长　说短不短

五年的征程砥砺前行　踏浪进击

五年的同行心手相牵　血脉相依

五年的抒怀啊

怎比得上大美中国大潮澎湃的诗绪

看吧　今天

看吧　今天

亿万中华儿女

同呼吸、共命运、心连心

正在把中国特色社会主义伟大旗帜高高举起

开辟新的天地

不忘初心,继续前进

河南科技学院
作　者:胡世宗
朗诵者:刘明鹏　王新宇　吴玲玲　杨晨玉

我们的路,从无路处踏出,
世上本无路,走得人多了,便也成了路。
我们的路,起点在嘉兴南湖,也曾经在南昌的夜晚,

向反动派打响第一枪,共产党领导起义队伍,
走出了,走出了,中国浓重的夜雾。
我们的路,曾经是罗霄山脉的中段,
毛泽东踏出五大哨口的草径;
曾经是总司令和战士一起挑粮走过的羊肠小路。
就这样走啊走,走出了一大片一大片,苏维埃红色的热土!
星火可以燎原啊,小路将成大路。

路上有不测的风云,反动派强势围剿反扑,
雷电交加,阴云密布,为保存火种,中国革命实行战略转移,
走上了这条崎岖坎坷的路。
两万五千里,漫长的两万五千里,每三百米就有一名战士
倒下,倒下的战士便成了路标,
路标上写着:不后退!不服输!
在茫茫的雪山,一位烈士被厚雪盖住,
他那只枯瘦的手臂从雪中伸出,
手掌里攥的是一块银圆,还有极简略的遗书:
"这是我最后的党费,我已无力走完这路,只希望党和红
军踏上胜利之途!"
长征是播种机,长征是宣传队,长征是宣言书!
衣着褴褛的红军,米袋子空瘪的红军,
却是中华民族刚直的脊骨!

那是走向南泥湾垦荒的路,那是东渡黄河浪花飞溅的路,
那是狼牙山五壮士,把鬼子引上悬崖的山路,

那是八女投江浪花闪耀的水路。

在这些延伸的路上，

我们听得到——董存瑞手托炸药包那一声爆响；

我们看得见——黄继光用胸膛堵枪眼那壮烈的一幕。

我们的前辈，在挺进的路上，升起了五星红旗，

看这朝霞般的旗帜，迎着怎样的巨风飞舞！

在纪念抗战胜利 70 周年的阅兵式上，

天安门前走过一支支撼人心魄的队伍，

空中雄鹰气势恢宏，地面装甲雄壮威武，

这是献给世界和平的"中国礼物"！

我们必须懂得：前进，发展，是第一要务；

要有红军的坚强和韧性，无论多么艰难困苦，

也不放弃对理想的追寻，也不停止奋进的脚步！

看我们的来路，来路漫长悠远；

看我们的去路，去路山重水复。

从脚下的草鞋，到"火箭军"的臂章；

从背上的大刀，到威武的"辽宁号"航母。

从东亚病夫的贫弱，到连接世界的"一带一路"。

从割地赔款的条约，到 G20 中国杭州的宣言书；

从支前民工的独轮车，到天宫二号在太空起舞。

我们要梳理，一飞冲天的羽翼，

我们要擂响，中华民族复兴的战鼓。

应对变幻的世界风云，走我们自己和平发展的道路。

杏坛放歌同心圆
XINGTANFANGGETONGXINYUAN

让我们手挽手，让我们肩并肩，
我们豪情万丈，我们壮志满腹！
我们是红军的后代，我们牢记前辈的叮嘱。
千钧重担——我来挑起；
苍茫大地——我主沉浮！
长征精神，永垂不朽！
不忘初心，继续前进！

我们有最光辉的目标啊！
我们有最伟大的前途！
我们有最伟大的前途！

这个时刻,我要歌唱

新乡医学院
作　者:乔林生
朗诵者:李　轶　王娜娜　侯　超　任京科

我想采撷所有的鲜花装点这个时刻,
我想邀请所有的宾朋庆贺这个时刻,
我想奏响所有的乐曲赞美这个时刻,

杏坛放歌同心圆 XINGTANFANGGETONGXINYUAN

我想举行所有的仪式纪念这个时刻。

这个时刻已种在心里，

这个时刻会长成土壤；

这个时刻将丰盈历史，

这个时刻有万千气象。

这个时刻我们聆听脉搏跳动，

那是"两个百年"的足音，

在中国大地铿锵回响；

这个时刻我们聚焦宏伟蓝图，

那是"一带一路"的彩虹，

在世界舞台架起沟通的桥梁。

这个时刻诵读一部伟大的宣言吧，

让南湖航船乘风破浪闪耀的红色，

映照着八千多万忠诚儿女的脸庞；

这个时刻翻开崭新的篇章吧，

让小康社会决胜阶段燃烧的激情，

温暖五十六个不同民族的憧憬和向往。

当天安门高扬的国旗牵动我们的神经，

当新华门镌刻的铭文校验我们的志向，

当国际歌悲壮的旋律萦绕我们的耳畔，

当地球村响起的掌声拍打我们的心房，

举世瞩目的中国共产党第十九次全国人民代表大会，

已不仅仅是21世纪的某个秋天，
一次开拓进取的盛会，
一次不辱使命的出征，
在不知不觉中，
它如一丝丝雨，一缕缕风，一道道阳光，
融入中国人的白天黑夜，
融入中国人的百年千年，
甚至融入中国人的每一次呼吸，
每一条血脉，每一颗心脏。

这个时刻承前启后，
我们紧握火焰一样炽热的双手，
集万方之志续写雄壮；
这个时刻继往开来，
我们挽起江河一样绵延的臂膀，
举千钧之力再造辉煌。
我们用温度追赶速度，
我们用自信构筑诚信，
我们用大气凝聚人气，
我们用开放表达豪放。

这个时刻，这个时刻啊，
我们不能忘记母亲屈辱的眼泪，
曾打湿孩子童年的渴望；
我们不能忘记祖辈无奈的叹息，

曾穿透家园破败的苍凉。
不能忘记我们是用挫折和伤痛，
铺直走过的弯路；
不能忘记我们是用失败和代价，
孕育奋起的胆量。

落后就要挨打，
比诺言更迫切的是行动；
腾飞展开翅膀，
比飞翔更重要的是方向。
这个时刻啊，
生生不息的情在十月的颂歌中灿若星辰；
这个时刻啊，
欣欣向荣的爱一路见证梦想的绽放——

来吧，来观看天宫瑰丽壮观的景致，
来吧，来欣赏天眼美目流盼的张望，

来吧，来体会蛟龙前所未有的深潜，
来吧，来品味墨子洒向人间的芬芳，
来吧，来感受高铁风驰电掣迸发的激情，
来吧，来经历大飞机追逐云天万里的远航，

来吧，来聆听朱日和阅兵场上雄壮的口号，
来吧，来领略大国外交带来的骄傲和荣光。

相信所有的注视都会惊叹于这一幅梦想画卷的展开，
相信所有的创造都会随春风到处传扬。
我们的生活因为这个时刻而精彩，
我们的胸怀因为这个时刻而敞亮。

为了我们共同坚守的信仰。
肩负不忘初心方得始终的重托，
承载大道之行天下为公的荣光。
这个时刻，这个时刻啊，
江河涨起春潮，惊涛天外回响；
山川挺起脊梁，万物沐浴太阳。

这个时刻，我总想唱一首歌，
献给伟大的事业和崭新的征程，
献给辽阔的蓝天和温暖的太阳，
我们，用梦想和希望点燃信念，
我们用奋斗和拼搏书写力量，
我们与祖国一起前行，
我们用劳动诠释信仰。

我们用行动庄严宣誓，
这个时刻，这个时刻，这个时刻，
让我们和祖国一同放声歌唱，
让我们共同创造新时代的辉煌！

诗意十九大,我们为你歌唱

洛阳理工学院
作　者：正　义
朗诵者：张丽昕　李自浩　王　静　杨兴国

金秋十月，北京的太阳分外明亮，
十月金秋，阵阵凯歌在大地回响。
党的十九大在砥砺奋进的征程中胜利召开，

中华民族的伟大复兴掀开了划时代的篇章。

看三山五岳欢乐起舞，

听长江黄河放声歌唱。

从巍巍昆仑到滔滔南海，

从喜马拉雅到黑龙江上，

九百六十万平方公里的土地鲜花簇拥，

五十六个民族昂首挺胸、步履坚强。

忆往昔峥嵘岁月稠，

五千年的沧桑在历史的长河中流淌，

一路荆棘，一路苦难，

一路迷途，一路徜徉。

伤与恨，汇聚着民族的苦难，

血与泪，期盼着历史的曙光。

终于，你迎来了中国共产党，

九十六年前的那个七月，

南湖的小舟昂首起航。

金鸡报晓，大海扬波，

古老的神州迎来了第一轮鲜红的朝阳。

今天，治国的接力棒，

已交到又一位巨人手上。

他从陕北的窑洞中走来，

双肩披满了小山村的雨雪风霜；

他从正定古城走来，

杏坛放歌同心圆 XINGTANFANGGETONGXINYUAN

坚实的步伐走出时代的乐章；
他从宝岛的对岸走来，
海峡的风涛在心中交响；
他从中国的山山水水走来，
胸中装满大中国的宏图辉煌。

他高擎民族的火炬吹响前进的号角，
他让中华复兴的大旗高高飘扬。
反腐倡廉，打虎拍蝇，立规严纪，令出法随，
一把把寒光闪闪的利剑直指大小硕鼠。
他谆谆教导、殷殷期望：
人民对美好生活的向往，就是我们的奋斗目标；
他高瞻远瞩，召唤全党：
空谈误国、实干兴邦，幸福不会从天而降！
他三令五申，目标坚定，
不忘初心，逐梦而行，
我们要带领人民实现富起来到强起来的历史飞翔！
他带给我们新时代、新使命、
新思想、新征程
他带领中国正在走近，
走近这世界舞台的中央！

今天，中国梦从春天的故事里走来，
走来鲜花如海，
今天，中国梦，向幸福的未来奔去，

奔去步伐铿锵。
我们用肺腑的真诚仰望，
我们用心灵的虔诚仰望，
我们用奔放的激情仰望，
我们用执着的信念仰望，
天高海阔，山青水绿，
每一个生命都在青春中闪亮，
大漠朝阳，明月荷花，
每一寸土地都在烂漫中芬芳。
还有什么乌云，能把蓝天遮住？
还有什么险隘，能把铁军阻挡？

于是，我们满怀激情地亮开嗓子加入，
加入一个民族大合唱，
我们愿用生命和你同行，
我们亲爱的、
亲爱的中国共产党！

祖国啊，我亲爱的祖国

河南经贸职业学院
作　者：舒　婷
朗诵者：王哲浩

我是你河边上破旧的老水车，
数百年来纺着疲惫的歌；
我是你额上熏黑的矿灯，

照你在历史的隧洞里蜗行摸索。
我是干瘪的稻穗，是失修的路基；
是淤滩上的驳船，
把纤绳深深
勒进你的肩膊，
——祖国啊！

我是贫困，
我是悲哀。
我是你祖祖辈辈
痛苦的希望啊，
是"飞天"袖间
千百年未落到地面的花朵，
——祖国啊！

我是你簇新的理想，
刚从神话的蛛网里挣脱；
我是你雪被下古莲的胚芽；
我是你挂着眼泪的笑窝；
我是新刷出的雪白的起跑线；
是绯红的黎明
正在喷薄；
——祖国啊！

我是你的十三亿分之一，

是你九百六十万平方千米的总和；

你以伤痕累累的乳房

喂养了

迷惘的我、深思的我、沸腾的我；

那就从我的血肉之躯上

去取得

你的富饶、你的荣光、你的自由；

——祖国啊，

我亲爱的祖国！

统一战线放歌

河南工学院

作　者：李海波
改　编：李素菊
朗诵者：洪　源　郭泽闵　强　郭　岩

你是一种意识，在风雨如磐的大地上潜行
五四运动淋漓的鲜血，把你从悲愤中惊醒

杏坛放歌同心圆

XINGTANFANGGETONGXINYUAN

你是一种理念，在十月革命的炮声中懵懂
南湖红船摇曳的灯光，让你在彷徨中坚定
你是民众渴望共和的笑脸，在北伐战争中
第一次挥舞共同旗帜，携手并肩战无不胜
你是民族抵御外侮的眼神，九一八沦陷后
又一回同仇敌忾，化作四万万同胞的表情

你很朴实，朴实的就像韶山水田上的稻穗
秋收暴动后，长成八百里井冈金色的收成
你很勇敢，勇敢的就像南昌城头上的血色
八一起义后，凝成土布军帽上闪闪的红星
你也潇洒，在十送红军的小调中挥手惜别
让一个时代开步，走出万里长征地动天惊
你也浪漫，在陕北信天游土腔里婉转跌宕
让一种思想成熟，引领新中国的锦绣前程

宝塔山下，你用中国革命的理想之光
把仁人志士深情地揽入怀中
西柏坡上，你用和平与民主凝聚人心
在独轮车的吱呀声中打赢了摧枯拉朽的人民战争
双清别墅，你把建国纲领一次又一次征询
海纳百川，让每一方建言献策者肃然起敬
北平车站，你是民主党派北上参政的欢迎
人心思治，让每一种政见回归自由与平等

你是天安门城楼上响彻寰宇的湖南口音

用政治协商建国,举国上下一片欢腾
你是中华人民共和国最神圣的国徽图案
用民主监督参政议政,让齿轮和谷穗携手同盟
你是神州大地地覆天翻的政治保证
你是港澳回归祖国统一的民族心胸
你是古老中华民族正在崛起的福祉
你是传统文化精髓和而不同的英明

你是创举,是实事求是思想的升华和结晶
你是法宝,与党的领导、武装斗争并肩同行
你是民心,你是社稷,是继往开来的坚定
你是特色,你是智慧,是走向幸福的从容
让我们万众一心高举统一战线的伟大旗帜
意气风发地开创时代的光荣,国家的光荣
让我们在中国共产党领导下不忘初心,牢记使命
豪情满怀奔向中华民族伟大的复兴

丹青·延安颂

洛阳师范学院

作　者：丹　青
改　编：刘绍武
朗诵者：刘　恒　刘绍武　马春华　赵海龙

朋友，
你到过延安吗？
朋友，

你见过宝塔山吗？

朋友，

你喝过延河水吗？

朋友，

你吃过红米饭吗？

延安啊！

几回回梦里望见你，

几次次深情走近你。

红色圣地延安，

革命摇篮延安。

带着一种崇敬，

带着一种敬仰。

涌动着热血与你拥抱，

延安，我们来了！

你那巍巍的宝塔，

在夕阳下，

依然雄伟矗立。

延河水啊，

至今，

依然奔腾不息！

延安啊！延安，

就这样深情地，

深情地，望着你。

杏坛放歌同心圆

杨家岭有你的灯光，
延河水有你的身影。
这一切，
已深深铭刻在心，
溶在岁月的生命里。

延安啊！
多少回，
你总是，
亲切地走进我的梦里。
抗战歌曲激情唱响，
风在吼，马在叫，
黄河在咆哮，
黄河在咆哮！

你唱着英特纳雄耐尔，
从风雨中走来。
起来，不愿做奴隶的人们！
忘不了你呐喊的力量，
忘不了你抗日的雄壮。
你青春的热血，
如黄河一样万马奔腾！
在西北高原，
在亚洲东方，
你在风中大声地歌唱！

延安啊！延安，

你像一轮宏伟的太阳，

照耀着抗日的东方。

啊！延安，

你这庄严雄伟的圣地，

到处飘扬着抗战的歌声。

啊！延安，

你这庄严雄伟的圣地，

让青春的热血在沸腾，

你是千万个青年的向往！

拿起刀，拿起枪，

在田野，在山岗，

筑起了坚不可摧的长城。

延安啊！延安，

你是一种精神的象征，

你是一种伟大的信念。

延安啊！延安，

你是红色的延安，

你是伟大的延安。

你这庄严雄伟的名字，

绽放过光辉的曙光，

你的名字永远辉煌！

历史的脚步已跨入新时代，

杏坛放歌同心圆 XINGTANFANGGETONGXINYUAN

新时代的新思想光焰万丈，
民族复兴的号角已经吹响，
万众一心正走近世界舞台的中央！

不屈不挠的延安，
浴血奋战的延安，
你的精神已化为磅礴力量，
新征程高歌猛进势不可挡！

啊！延安，
永远忘不了你，
永远忘不了你！
啊！延安……

歌颂祖国

河南城建学院

作　者：佚　名
朗诵者：秦平新　张凤琴　王　莉

透过历史的眼眸
我们站在岁月的肩膀上远眺
在黄河壶口的惊涛里

杏坛放歌同心圆

我们听到一种经久不息的激情

在珠穆朗玛峰的雪海中

我们凝视一种千年未变的真纯

在秦兵马俑的坑道里

我们感悟一种雄浑与深沉

啊,祖国!

你——就是脚下——这片土地

曾经是金戈铁马狼烟四起的山河

曾经是秦汉雄风大唐屹立的巨人

曾经是八国洗劫岗楼林立的疮痍

曾经是赤地千里吃糠咽菜的土地

你是——百折不挠——自强不息的热土

你是——生我——养我的——母亲

透过历史的眼眸

在南湖荡漾的波光中

我们看到一个巨人的诞生

一把镰刀呼啸着要割断旧世界的一切枷锁

一把铁锤呐喊着要砸出一个新中国的黎明

看,井冈山上满山的红杜鹃啊

是一个令楚辞离骚惊叹的篇章

听,南昌上空清脆的枪声

是一种令青铜秦俑凝望的神韵

透过历史的眼眸,

我们站在未来的彼岸回望

在妈祖庙袅袅的香火里

我们听到了《七子之歌》在吟唱

在淡水湾湛蓝的海水中

我们闻到了紫荆花的芬芳

在世纪坛巍峨的造型里

我们感受到了新世纪铿锵的脚步

春天，正迈着矫健的步伐向我们走来

它让乡村披上绿的盛装

山绿了，水也绿了

空气中都有一丝丝的春意在飘荡

祖国的春天

正在把民族复兴的大门打开

祖国的春天

正在把唤醒酣睡的号角吹响

这是一个承前启后的时代

新的机遇 新的挑战

这是一个日新月异的时代

知识创新 与时俱进

这是一个继往开来的时代

我们肩负沉甸甸的嘱托

我们憧憬美好的未来

祖国啊，我们——伟大的母——亲

您——向新世纪——走来

又大踏步地——走向——属于——您的——明——天

同心共筑中国梦

郑州工商学院

作　者：王　平（原创）
朗诵者：许立喆　申苗苗

七十年风雨兼程，岁月峥嵘，
七十年江河多变，风起云涌。
七十年日月轮回，万里征程，
七十年云蒸霞蔚，万紫千红。

忘不了，
那南湖上的小船，
船舱里装载着中国的命运，
一个民族坐在甲板上驶向黎明的征程。

忘不了，
井冈山上的烽火，
南昌起义的枪声，
革命的武装力量如星火燎原，
唤起了千万条血脉沸腾。

忘不了，
五次反围剿的转战，
惊天动地的二万五千里长征，
高举理想和信念的旗帜，
在血雨腥风中艰难前行。

忘不了，
遵义会议的红旗，
抗战胜利的号角威震苍穹；
伟大的祖国在隆隆的礼炮声中诞生！

祖国母亲的雄浑呼唤，
燃亮了璀璨的五十六颗星，
五十六个民族团结在一起，
奏响了震撼寰宇的交响乐。

杏坛放歌同心圆

XINGTANFANGGETONGXINYUAN

各个民族、各个阶层、各个党派，
在中国共产党的领导下，
肝胆相照，荣辱与共；
多党合作，政治协商，
民主监督，参政议政，
诤友情深，血脉相同。

忆往昔，
峥嵘岁月，
说不尽的坎坷沧桑。

看今朝，
山河锦绣处处芬芳，
华夏腾飞人心欢畅。

站在时代的前方，
勤劳勇敢的华夏子孙，
用荡漾的中国心，
唱响了强国梦想。

我们团结在中国共产党的旗帜下，
铭记风雨同舟的光辉历程，
发扬统一战线的优良传统，
薪火相传，砥砺前行，
挽手并肩，团结奋进，
同心共筑中国梦！

追逐中国梦

信阳农林学院
作　者：黄群明
改　编：马　英
朗诵者：马　英　曾　珠　凌　霄　杨　丹

绵延在历史的纵轴里
铺陈在时代的横截中

开放在全球的坐标上

生动在未来的期盼里

中国梦

一个有着五千年文明史的民族复兴之梦

一个13亿中华儿女的强国富民之梦

一个与世界分享的共赢和谐之梦

正一步一步向我们走来

翻阅历史的卡片

中华民族逐梦的脚步步步震颤

从鸦片战争的抗争

到反帝反封建的呐喊

从欢庆一战的胜利

到无缘站立的长叹

从五四运动的觉醒

到推翻三座大山的欢颜

寻梦追梦圆梦

成为祖祖辈辈奋斗的主线

21世纪的时针

拨亮了中国梦的灯捻

改革开放筑梦床

世界铺开画梦卷

丝绸之路再延伸

郑和之船写新篇

引进来　文明之花结硕果

走出去　中国精神天下传

互利共赢共同发展

圆梦之路越走越宽

透过中南海的灯火

我已看见了梦的笑脸

鲜艳的旗帜在眼前飘舞

两个百年的目标在心头敲打着

进军的鼓点

虽然我们深知

离梦越近圆梦越难

但我们坚信

胜利的旗帜和伟大的道路

会带领我们阔步向前

无畏前途艰险

不惧命运多舛

我们都把个人梦与中国梦

紧密相连

哪怕横渡汪洋

哪怕翻越大山

我们已抱定一个坚定信念

手拉手肩并肩

向前走把梦圆

给人类交一幅壮美画卷

我们是军工人

河南工业职业技术学院
作　者：王　衍
改　编：韩明睿
朗诵者：毛琰虹　王　业

我们是人民的军工人

我们是国防战线上光荣的一员

我们来自人民，人民的利益高于一切

我们为了祖国，祖国的安危重于泰山

造剑铸犁，我们义不容辞

挺军利民，我们重任在肩

人民军工无穷胆

不怕万苦与千难

为了子弟兵的胜利，我们无私地把身心奉献

为了亡国奴的噩梦不再重演

我们一举爆响了中国第一颗原子弹

遥想八十七年前

为了国家能兴盛

人民军工诞生在兴国县

为了人民有田

我们扎根的第一个村落叫官田

八十七年的风雨历程

记载着人民军工的追求与信念

八十七年的梦想啊

回荡着一代又一代军工人的豪迈诗篇

吴运铎、蒋筑英、杨为民、马祖光

他们像一条条大河，浪花弹奏着他们闪光的心愿

钱学森、钱三强、王淦昌、赵九章

杏坛放歌同心圆 XINGTANFANGGETONGXINYUAN

他们像一座座巨峰，峰顶镌刻着他们不朽的英颜

他们无私奉献，奋战在祖国的万里河山

他们开拓进取，为了神话变现实，流血流汗

把一切献给党，这就是他们的誓言

让安宁到永远，这就是他们的信念

八十七年过去，我们跨进了历史新纪元

新使命又在前面赫然召唤

嫦娥奔月，神舟荡天

巨轮戏浪，战鹰逐风

在月球、（男）在太空、（女）在大海、（男）在云端

我们用豪迈和勇气，书写着金色的——中国军工

看今朝，国防工业迅猛发展

想未来，军工人必将为缔造和平做出更大的贡献

骄傲啊，军工人的智慧和品德光照千秋、誉满方圆

自豪啊，军工人的舞台就在那铁马冰河、碧海蓝天

请相信，小康社会一定会因为有我们而精彩祥和

请放心，国防现代化的步伐一定会因有我们而快马加鞭

因为啊

我们是人民的军工人

因为啊

神州处处有军工，军工人处处敢——争——先

统一战线之歌

黄河科技学院
作　者：刘完保
朗诵者：石　拓　汤　涛

在字典里，
　你是革命的法宝；
在实践中，

杏坛放歌同心圆 XINGTANFANGGETONGXINYUAN

你与胜利同行。

啊，统一战线，
自从有了你，
中国革命不再是单枪匹马，
民族的敌人，
从此一个个倒下。

靠各革命阶级的联合，
革命的浪潮从珠江席卷长江，
打倒军阀除列强，
工农运动大高涨。

筑成抗日民族统一战线的铁壁铜墙，
国共合作，两个战场；
全民族十四年抗战，
凶残的日寇被赶进了太平洋。

团结一切可以团结的力量，
"小米加步枪"打败了美式武装。
蒋介石处在人民的包围中，
胜利的红旗到处飘扬。

啊，统一战线，
你在战斗中生，
你在斗争中长，

在你的字义里,
团结就是力量。

重庆特园的笑声依在,
曾记周公馆关注的目光。
在反独裁争民主的日子里,
风雨同舟,患难同当。

"五一口号"是集结的号角,
民主正义的力量流向北方;
风云际会名流汇聚,
多党合作,国是共商。

人民政协谱写新的篇章,
开国大典印证了团结的力量。
"互相监督"构筑新型政党关系,
"长期共存"是永远的方向。
改革开放大潮涌动,
爱国统一战线扬帆远航。
"肝胆相照,荣辱与共",
和衷共济奔向全面小康。

啊,统一战线,
多少次风云激荡,
几多回挫折辉煌,
九十年你伴党成长。

杏坛放歌同心圆
XINGTANFANGGETONGXINYUAN

海纳百川容乃大，
失道寡助难久长。
势单力薄事难成，
一个巴掌拍不响。

统一战线运用好，
再强的敌人也被吓倒；
统一战线被削弱，
革命和建设陷低潮。

统战法宝不能丢，
长期方针不动摇，
政治优势要保持，
理论实践很明了。

团结稳定人所向，
共谋发展在今朝；
振兴中华铸伟业，
两面旗帜要举好。

多党合作中国事，
民主团结要记牢；
回望历史告未来，
丢啥也不能丢法宝

领航·同心·携手

——纪念中共中央发布"五一"口号70周年

河南科技大学

作　者：丁　丽（原创）

朗诵者：蒋　鑫　沈　兰

在这片热土上，
有一种呼唤，
打破了黎明前的沉寂。

杏坛放歌同心圆
XINGTANFANGGETONGXINYUAN

在这片热土上，
有一个政党，
指明了中国前进的方向。
那是五一口号的发布，
那是新型政党制度的萌发生长。

一九四八年四月三十日，
一座宏伟的丰碑在华夏大地上树立起来，
一盏灿烂的明灯在华夏子孙心中点燃了。
中国共产党一声呼唤，
民主党派、人民团体、社会贤达纷纷响应。

曾几何时，
民族危机！
国家危难！
面对两种命运的决战，
面对两种前途的较量
我们问高山，
中国出路在何方？
高山回答：
只有共产党才能救中国，
中国就有力量！

我们问大地，
和平、民主前景怎样？

大地回答：

行动纲领汇成"五一"号召，

"五一"号召就是方向！

这是历史的选择！

开创了人类社会发展的新形态；

多党合作，政治协商，

中国革命、建设和改革开放在其推动下继往开来。

这是自觉的选择！

选择中国共产党的领导，

选择新民主主义、社会主义道路，

多党合作制度自此拉开了序幕。

庄严的选择，

我们愿在中共领导下，"献其绵薄，共策进行"；

庄严的选择，

为革命到底注入无穷的力量；

庄严的选择，

准备迎接新中国第一道曙光；

庄严的选择，

期盼人民幸福、国家富强。

从此，

七十年携手同心，

在人类政党制度发展史上独树一帜，

彰显出鲜明的中国风格、中国气派。

从此，
七十年劈波崭浪，
面临多少挑战，
我们始终生机勃勃，
始终沿着正确方向前进。

从此，
七十年风雨，
各党派与中共亲密合作，
成为中国政治舞台上一段佳话。
民主党派与中共同舟共济，
为国际政治社会提供了中国方案，贡献了中国智慧。

从此，
七十年耕耘，
各党派与中共肝胆相照，荣辱与共，
为建设社会主义添砖加瓦。
各党派与中共政治协商，相互监督，
真正做到"为中国人民谋幸福，为中华民族谋复兴"。

从此，
七十年征程，
我们踏着这方热土，
站起来、富起来、直到强起来，

是制度纲领为我们保驾护航。

从此，
七十年奋进，
共产党带领我们共同进步，共同提升，
始终把我们当作值得信赖的好参谋、好帮手、好同事。

七十年的时光，
在历史长河中只是一朵浪花，
七十年的纪念，
又开始新一轮的展望。

今天，
我们一如既往，
在中国共产党领导下，
坚持多党合作，
坚持习近平新时代中国特色社会主义思想，
为决胜全面小康、实现"两个一百年"奋斗目标
做出新的、更大的贡献！
为建设富强、民主、文明、和谐、美丽的社会主义新中国
奉献我们的力量！

卜算子·咏梅

河南建筑职业技术学院
作　者：陆　游 / 毛泽东
改　编：张　航
朗诵者：黄　帅　胡惠丽　李　珊

卜算子·咏梅，陆游
宋驿外断桥边，寂寞开无主，

已是黄昏独自愁，更著风和雨；
无意苦争春，一任群芳妒，
零落成泥碾作尘，只有香如故。

卜算子·咏梅，毛泽东
读陆游咏梅词，反其意而用之。
风雨送春归，飞雪迎春到，
已是悬崖百丈冰，犹有花枝俏，
俏也不争春，只把春来报，
待到山花烂漫时，她在从中笑。

陆游的梅花芬芳高洁，
主席的梅花凌寒傲雪。
陆游的咏梅透着一丝诗人的伤感和无奈，
主席的咏梅多了几重的乐观与豪迈。
芬芳高洁是人民群众的写照，
乐观豪迈是共产党员的情怀。
时代的发展需要梅花的坚韧不拔，
民族的复兴离不开梅花的无私奉献。
让梅花的品质伴随我们成长，
让梅花的精神引领我们走向新的时代！

不忘合作初心，共筑时代华章

华北水利水电大学

作　者：苏　淼（原创）

朗诵者：郭选英　苏　淼　马　英　李　艳　王　婧

1948年早春，太行山下的柳枝悄悄吐出了新芽，
黄河壶口，汹涌的河水正在冲破雪盖冰封。
长城内外，大江南北，激流涌动。

1948年的春天，一声春雷响彻神州大地深情地把春天咏叹！

深情地把春天咏叹！

1948年的"五一口号"，

是共和国春天的序言，

艰苦卓绝的抗战，

不屈不挠的抗战，

我的祖国，我们的祖国，

饱经沧桑，历尽磨难的祖国，

她已从严冬的苦寒、饥饿和战火中，

看到了光明正驱走黑暗，

春阳从东方冉冉升起。

听到了——

听到了春天的序曲

在中华人民共和国诞生的前夜，

到处腥风血雨，四周千疮百孔。

我们不会忘记黄炎培、胡厥文、孙起孟、罗叔章……

带领中华职教社、民族工商界支援十九路军浴血奋战。

民族工业当与民族共存亡，

他们在沧白堂、校场口，面对的每一场生死考验。

我们不会忘记章乃器、施复亮、盛丕华……

"南京请愿""下关惨案"用每一滴鲜血铸就的民族力量。

我们不会忘记吴晗、朱自清……

高呼着"反饥饿、反内战、反迫害"，

手牵手、心连心,
在城市街巷用身躯铸造的一道道民族城墙。

在民族危难时刻,
宋庆龄从黄浦江边走来,
滔滔江水奔腾不息,
涌流着中华民族不绝的希望。
黄炎培从长城脚下走来,
古老城墙覆满历史的烟尘,
走到了共产党的身旁。
盛康年携信从香港走来,
与中共负责人潘汉年会晤成功!
见证了一个世纪的奋争。
民主人士经受住了一次次血火的洗礼,
坚定了跟党走的信念!

风雨过后的彩虹,总是让人为之兴奋,为之呐喊,
于无声处的惊雷,总是给人以鼓舞,给人以震撼,
柳暗花明的出现,总是让人流露出诗语的赞叹。

70年前的中国一声"五一口号"奏响了民族之歌。
花朵飘飞,古莲萌发,各民主党派齐声应和。
从此,一个共同的梦想,为每个中华儿女的夜晚增添了颜色。

响应五一口号,接受党的领导,
民主党派、义无反顾、披肝沥胆。

公私合营、三反五反、抗美援朝保家卫国！

民主人士捐献飞机大炮,坚持生产、赴朝慰问 、送子女参战。

改革开放、春暖人间。

一场社会主义现代化建设的大戏,

从人民大会堂的五老火锅宴上演。

多党合作、政治协商,

在宪法中确立, 在工作中实践。

这是心与心的交融,

这是星星与月亮的辉映。

这是可以燎原的星火,

这是天下无人能敌的鱼水情深。

千山起舞，万水含笑。

继往开来的十九大,

描绘一幅建设美丽中国、魅力中国的新蓝图。

留得住青山绿水， 系得住乡愁,

又是一个气象万新的春天。

如今,

我们的航母在东海巡航 ,

在南海演练,

东风长剑护卫着祖国的安全。

一带一路,

架设金桥连世界,

巨型天眼,

观测宇宙识河汉。

70年,从建国到发展,
我们始终同舟共济、攻坚克难。
70年,从贫穷到富足,
我们荣辱与共、披肝沥胆
70年的薪火相传,
70年的无私奉献,

在这阳光明媚的春天,
在这万紫千红的春天,
让我们时刻跟随着舵手,
劈波斩浪、扬帆远航,
携手铸就中华民族伟大复兴的新时代华章!

中国大地

周口师范学院
作　者：佚　名
朗诵者：王　琦

多么辽阔　多么壮丽　　这就是中国大地
九百六十万平方公里　　这就是中国大地
五谷丰盈　瓜果甜蜜牛羊肥壮　百姓乐业安居
啊　中国大地　中国大地美丽富饶的土地

杏坛放歌同心圆

江河清澈　山峦翠绿　这就是中国大地

时时刻刻发生着奇迹　这就是中国大地

黄河长江荡漾着千古神奇　这就是中国大地

城乡巨变　山河秀丽百业兴旺　人民欢天喜地

啊　中国大地　中国大地美丽富饶的土地

跟随你　我们跟随你走过的每一步都是传奇

跟随你　我们跟随你走过的每一步都是壮举

跟随你　大步上井冈　跟随你　两万五千里

跟随你　高山不能挡　跟随你　江河跨过去

跟随你　开辟新天地　跟随你　走在春天里

跟随你　跨越新世纪　跟随你　中国一盘棋

跟随你　我们跟随你与时俱进　步伐坚定不移

跟随你　永远跟随你　我们从胜利走向新的胜利

十几亿人的大家族你是主心骨

铁锤加镰刀那是中国的护身符

昨天你给中国找到出路

今天你把民族带上坦途

不管地球怎样旋转

我们走着自己的路

五十六族的共和国你是主心骨

理想和信念是中国的能源库

昨天你给巨龙注入活力

今天你让巨龙腾空飞舞

不管地球什么气候

我们这里春光常驻

你让江山如此多娇　你让东方龙飞凤舞

你让风景这边独好　你给我们带来和谐与幸福

人民万岁

信阳师范学院
作　者：王怀让
朗诵者：殷　凯　赵永彬

你从韶山水田的黄色的阡陌上走来
你从安源煤矿的黑色的巷道里走来
你从湘乡的那棵垂挂着许多苦难的老葡树下走来

你从长沙的那口映照着许多血泪的清水塘畔走来

你走来，径直走上天安门城楼

向着创造历史的人民

用深沉的湖南口音高呼

——人民万岁！

你从可以望到民族志气的上海望志路走来

你从可以看穿世纪烟雨的南湖烟雨楼走来

你从八百里井冈的很有特色的中国的秋收里走来

你从二万里长征的很有气魄的中国的长跑中走来

你走来，大步走上天安门城楼

向着改造历史的人民

用洪亮的湖南口音高呼

——人民万岁！

你从万里雪飘的北国风光走来

你从顿失滔滔的大河上下走来

你从《史记》里的秦皇汉武的赫赫武功中走来

你从《资治通鉴》中的唐宗宋祖的斐然华章里走来

你走来，很现实地走上天安门城楼

向着扭转乾坤的人民

用可以穿透乾坤的湖南口音高呼

——人民万岁！

你从照耀人民智慧的西江月辉里很抒情地走来

你从奔腾人民力量的满江红浪里很激情地走来
你从《送瘟神》的浮想联翩的兴奋的韵脚中走来
你从《到韶山》的夜不成寐的振奋的平仄里走来
你走来，很浪漫地走上天安门城楼
向着叱咤风云的人民
用可以驾驭风云的湖南口音高呼
——人民万岁！

你走上天安门城楼是为了高呼人民万岁
人民才用自己的身躯把天安门托得如此峨峨巍巍
你走上天安门城楼是为了高呼人民万岁
人民才用自己的血汗把天安门染得这样如描如绘
这就是你教给我们的真理
呼人民万岁的人，他活着的时候
人民才会向着他高呼万岁
你走上天安门城楼是为了高呼人民万岁
把握历史的人民才会让你在史册上永放光辉
你走上天安门城楼是为了高呼人民万岁
主宰世界的人民才会让你在世界上万古永垂
这就是你教给我们的哲学
呼人民万岁的人，他死了
他的思想却可以万岁万万岁
——人民万岁！

后　记

　　习近平总书记在党的十九大报告中强调："统一战线是党的事业取得胜利的重要法宝，必须长期坚持。"这一重大论断，确立了新时代统一战线的战略地位。高校要推进双一流建设、特色发展和高质量建设，也迫切需要汇集统一战线强大力量。为此，我们举办了河南省高校统一战线诗歌朗诵会。这是高校统战工作方式、方法和成果的艺术化展现，对于全省高校统一战线高举中国特色社会主义伟大旗帜，贯彻习近平新时代中国特色社会主义思想，牢牢把握大团结大联合的主题，增强全省高校统战系统的文化自信，营造团结、奋进、开拓、活跃的良好氛围，推动全省高等教育在中原崛起和现代化建设的进程中更加出彩，都会将产生积极的影响。

　　这本诗集收录了2018年度河南省高校统一战线诗歌朗诵会比赛的优秀作品，是全省高校真诚纪念中共中央发布"五一口号"70周年的艺术成果、深刻领会"同心"思想丰富内涵的文化瑰宝，凝聚着全省高校统一战线人士的智慧和心血。

　　70年尘与土，"五一口号"为统战工作探索道路，指引方向；70载星与月，"五一口号"已带领我们从贫穷弱小走向团结富强。在党的英明领导下，我们以纪念"五一口号"70周年为契机欢聚一堂，感受对新时代创造美好的憧憬。在党的正确路线指引下，我们以交流"五一口号"真诚感想为初衷吟诵相逢，激发为中华复兴而奋进的能量。在这里，我们将欣赏到统战人员振聋发聩的诗韵，那是我们艰苦创业气壮山河的行动。在这里，我们将享受到统战人员潇洒恣意的诗魂，那是我们拼搏付出汗水辉映的执着。潮起海天阔，扬帆正当时。河南高校借诗歌朗诵的形式，鞭策更多统一战线干部积极投身党的事业，激励更多的统战成员奋力谱写社会主义现代化新征程的壮丽篇章。

　　不忘合作初心，携手并肩而行。衷心希望本诗集可以营造高雅、清新的读诗诵诗赏诗品诗氛围，进一步凝聚全省教育系统统一战线力量，重温历史、弘扬传统、深化共识、同心携手新时代！

　　本诗集的出版得到了中共河南省委高校工委、河南省教育厅的大力支持，省委高校工委专职副书记郑邦山同志作序，省委高校工委专职委员高治军同志对本书的编辑、出版给予指导，省教育厅社科处给予出版资助，郑州大学出版社鼎力帮助，河南省书协副主席、河南大学艺术学院院长赵振乾教授题写书名，诗歌朗诵会得到了河南师范大学的全力支持，在此一并致谢！需要说明的是，本诗集中部分所用诗歌的作者没有及时找到，深表遗憾，若有可能，我们将在再版时予以纠正。

编　者
2018 年 7 月 19 日

（一等奖颁奖合影）

（二等奖颁奖合影）

（三等奖颁奖合影）

（优秀组织奖）